I0751204

IDÉES SINGULIÉRES.

PREMIÈRE PARTIE.

LE PORNOGRAPHE,

OU

IDÉES D'UN HONNÊTE-HOMME

SUR

UN PROJET DE RÉGLEMENT

POUR

LES PROSTITUÉES,

Propre à prévenir les Malheurs qu'occasionne le *Publicisme* des Femmes :

AVEC

DES NOTES HISTORIQUES ET JUSTIFICATIVES.

Prenez le moindre mal pour un bien.
Machiavel, Livre du *Prince*, cap. XXI.

A LONDRES,
Chez JEAN NOURSE, Libraire, dans le Strand.
Et se trouve à Paris,
Chez DELALAIN, Libr. rue & à côté de la Coméd. Françaife.

M. DCC. LXIX.

IDÉES SINGULIÉRES.

PRÉFACE DE L'ÉDITEUR.

L'IDÉE de cet Ouvrage n'eſt pas née dans une tête Françaiſe: il y a tout lieu de préſumer qu'un Manuſcrit anglais, que quelques perſonnes de Londres ont vu, eſt le type ſur lequel on s'eſt modelé. Le premier Auteur ſe nommait Lewis Moore: *voici ſon hiſtoire.*

UN Anglais, jeune, opulent, bien fait, voulut voir le monde & ſe former à l'école de toutes les Nations de l'Europe: il vint à Paris. Cette ville lui parut bien audessus de sa renommée ; tout le convainquit, que le Paradis que Mahomet promet à ses Élus, n'est rien en comparaison de la Capitale de la France pour un homme qui peut y répandre l'or à pleines mains. Durant cinq années, il ne put se résoudre à quitter ce séjour enchanteur. Cependant ses revenus, quoique considérables, étaient bien inférieurs à sa dépense : les fantaisies d'une principale Maîtresse en absorbaient les trois quarts. Il se vit enfin dans la nécessité de faire une réforme : il la commença par cette femme capricieuse ;

ensuite il s'efforça de remplir le vide que ce sacrifice laissait dans son cœur, par des plaisirs faciles, variés, & qui coûtaient moins. Ce fut ce qui acheva de le perdre. De honteuses maladies l'accablèrent; caduc à trente ans, il retourna dans sa Patrie, gémir de ses erreurs : ce fut-là qu'il entreprit de tracer un Plan de réforme, dont il ne devait pas profiter. Il mit à la tête de son Projet l'avis qu'on va lire.

« Je fus libertin; je ne le suis plus.
» A peine au milieu de ma carrière,
» j'en aperçois la fin. Des plaisirs fort
» courts, sont suivis de maladies lon-

» gues & cruelles. J'ai eu recours aux
» antidotes, à ce minéral puissant, qui
» porte le nom de la Planète la plus
» proche du Soleil, aux Charlatans;
» hélas! en vain. Ne voyant plus rien
» à faire pour moi-même, j'ai résolu
» d'être utile aux autres, en rendant
» publiques mes idées, sur les moyens
» de diminuer les inconvéniens d'un
» certain état qui révolte la nature,
» mais que je sens bien qu'il est impos-
» sible d'anéantir. Puisse-t-on, par un
» Établissement utile, prendre le mal
» à sa source, & préserver d'une ma-
» nière efficace nos jeunes Citoyens,
» de ce venin destructeur qui va me
» faire descendre au tombeau! Je
» déclare, que je laisse la moitié de
» mon bien pour y contribuer, si
» jamais l'on se résout à réaliser mes
» idées.

LEWIS MOORE.

[*Suivait son Projet, presqu'en tout semblable à celui du Français : il le terminait ainsi :*]

« S'il est quelquefois permis à un » simple Citoyen de proposer ses » idées pour le bien général, ce n'est » sans doute, que lorsqu'il le fait » avec tout le respect dû au Gou- » vernement sous lequel il vit, & » quand il a sujet de craindre que » les abus dont il desire la réforma- » tion, ne tendent à le priver de sa » plus douce espérance, d'*avoir des* » *enfans sains, robustes & vertueux* ».

Tel est aussi mon but, en donnant cette Édition d'un Projet semblable, que son Auteur allait ensevelir pour toujours dans l'obscurité. Les honnêtes-gens, en regardant ma démar-

che comme un effet de mon zèle & de mon amour pour l'humanité, ne feront que me rendre justice.

L'Ouvrage composé de onze Lettres, *se trouve divisé en cinq parties, ou* §§. *Dans le* Premier, *on avoue la nécessité de tolérer les Prostituées dans la Capitale & les autres grandes Villes d'un Royaume.*

IVme Lettre.

Le Second *renferme un détail des inconvéniens inséparables de la Prostitution, même, en suivant le Plan tracé. On parle ensuite de ceux qui l'accompagnent aujourd'hui, & le Lec-*

Vme Lettre.

teur conviendra qu'ils ſont ef-frayans.

On propoſe le remède dans le Troiſième §, *qui contient le Règlement. On y verra qu'une Maiſon publique, bien admi-niſtrée, qui raſſemblerait tou-tes ces malheureuſes, le ſcan-dale de la Société, pourrait ſe ſoutenir par elle-même; dimi-nuer l'abus que la ſageſſe des Loix tolère, ſans amener aucun des inconvéniens qu'une réforme d'un autre genre occaſionne-rait; & contribuer au rétabliſ-ſement de la décence & de l'hon-nêteté publique, dont il ſemble que les mœurs s'éloignent in-ſenſiblement.* VIme Lettre.

VIIme Lettre. *Le* § IVme *répond aux Objections; éclaircit, étend quelques Articles.*

XIme Lettre. *Dans le* Vme *on récapitule la* Recette *& la* Dépense.

C'est par ces cinq §§, *que l'on prouve la proposition*, Que l'Établissement, outre l'avantage que les hommes en retireront pour conserver leur santé, leurs biens, & même leurs mœurs, peut encore être utile d'une autre manière.

Dans le cours de l'Ouvrage, on a placé quelques Notes peu considérables : il s'en trouve d'autres beaucoup plus impor-

tantes, que l'on a détachées pour les renvoyer à la fin; elles formeront comme une Seconde Partie. Les Lecteurs y verront quelques traits historiques sur les mœurs des Anciens; l'origine & l'état de la Prostitution chez les premiers Peuples; son état actuel; des exemples d'abus révoltans parmi nous; la manière dont les filles publiques ont été gouvernées dans le moyen âge : On se convaincra que ces viles & malheureuses créatures ne furent pas toujours abandonnées à elles-mêmes comme aujourd'hui.... Mais serait-il possible que les soins du digne & vigilant Magistrat qui gou-

verne la Capitale de la France; descendissent dans les détails minucieux & dégoûtans qu'exige le nombre trop considérable des Débauchées?

Fautes à corriger.

Page 154, *ligne* 17, soin, *lisez* sein.
186, *ligne* 9, le monde, *lisez* ton monde.
196, *ligne antépénultième*, un Corps-de-garde, *lisez* un second Corps-de-garde.
276, *ligne* 16, *2,743,1000, retranchez un o.*

LIVRES NOUVEAUX.

LE

LE PORNOGRAPHE, OU LA *PROSTITUTION* RÉFORMÉE.

FRAGMENT D'UNE LETTRE de madame DES TIANGES *à son mari.*

Paris, 6 avril 176.....

........OUI, j'en suis très-contente; mon *élève* soutient l'épreuve à merveille. L'honneur l'emporte dans ſon âme ſur l'habitude du vice. Il me diſait hier, qu'il me trouvait charmante, mais que ſon attachement pour monſieur *Des Tianges*, ne lui permettait de voir dans la femme d'un ami ſi reſpectable, ſi vrai, qu'une ſœur chérie. Eſpérons tout, mon aimable ami, d'un cœur qui ſans doute était fait pour ne s'égarer jamais. Les ſuites fâcheuſes qu'ont eu ſes premiers deſordres, l'auront dégoûté; il eſt certain, au moins, qu'elles l'ont effrayé. Ses entretiens roulent trop ſouvent ſur la réforme qu'il deſirerait qu'on mît dans les mœurs ſur cet article. Lorſqu'il rencontre quelqu'une de ces viles créatures..... il friſſonne; enſuite la rougeur couvre ſon front. Il ne faudrait plus qu'un amour honnête, légitime, pour achever de l'affermir dans le bien. Dès que je croirai le pouvoir faire ſans imprudence, je le conduirai au couvent d'*Urſule*. Ma ſœur t'eſt auſſi chère qu'à moi; ſon bonheur augmentera le nôtre, & je ſuis ſûre que *D'Alzan* le fera, s'il le veut. . . . .

. . . .

Je ſerai, cher bon ami, toute ma vie glorieuſe du titre de ton épouſe, heureuſe par celui de ton amante.

ADELAÏDE.

SECONDE LETTRE.

De D'ALZAN, à DES TIANGES.

Paris, 10 avril 176...

SAIS-TU, mon cher Des Tianges, que ton absence est trop longue? Quoi! nouvellement marié, à la plus aimable, à la plus séduisante des femmes, tu ne t'effraies pas de trois grands mois! En vérité, mon cher, je trouve que, si ce n'est pas avoir trop de confiance dans la vertu de ta charmante épouse, c'est au moins en avoir beaucoup trop en ton mérite. Dans le siècle où nous sommes........ Mais y songes-tu! de notre tems Pénélope n'eût pas tenu huit jours, & Lucrèce n'aurait été qu'une coquette : des amans toujours à table, toujours ivres, objets bien ſéduiſans! le groſſier *Sextus* la menace à la bouche, un poignard à la main... fi! ce féroce attentat ferait aujourd'hui trouver une *Lucrèce* dans une fille de l'*Opéra*. Nos mœurs polies ſont bien plus fatales à l'honneur des maris: nous avons ſecoué le joug des préjugés, la fidélité conjugale n'était déja plus la vertu de nos grand's-mères: on ſe marie comme on fait un compliment de la nouvelle année, parce que c'eſt l'uſage; mais, dans le fond, l'on ne tient guère plus l'un à l'autre qu'auparavant. Rien de plus commode: il faut avouer que la ſociété s'eſt montée ſur le meilleur ton: dans un demi-ſiècle..... les ſingulières choſes que l'on pourra voir dans un demi-ſiècle!.... Vous ne vous êtes pas mariés de la ſorte, la belle

Adelaïde & toi : vous vous êtes épousés tout-de-bon : j'en gémis en vérité. Une femme, jeune, plus touchante que les Grâces, vive, enjouée, faite pour le monde & pour l'amour, vit dans la retraite parce que son mari est absent, souhaite imbécillement son retour, compte les semaines, les jours, les heures, qui doivent s'écouler encore sans le voir, tandis qu'elle pourrait.... oui, qu'elle pourrait imiter les autres, ne t'en déplaise. Je n'entreprendrai pas de la persuader; je la crois incorrigible. Mais, si je le voulais, que j'aurais de belles choses à lui dire ! Premièrement, je citerais les Grecs, & je lui dirais avec emphâse: Les Lacédémoniens, ce peuple fier & courageux, l'honneur & l'exemple du genre humain, pensaient comme à présent; & les femmes, à

Sparte, étaient... communes à tous. Et je le prouverais un *Plutarque* à la main. De-là je viendrais au siècle poli d'Auguste; je lui ferais voir Livie, passant, quoiqu'enceinte, des bras de son époux, dans le lit de l'heureux tyran de Rome: je lui montrerais les Romains, ces conquérans du monde, se fesant un jeu du divorce & de l'adultère: leurs femmes s'élançant avec intrépidité par-dessus les *quatorze rangs de siéges de l'Orchestre* (*), pour aller ramasser un

---

(*) *Domina... usque ab orchestrâ quatuordecim transilit, & in extremâ plebe quærit quod diligat... Ego adhuc servo numquam succubui.... Viderint matronæ quæ flagellorum vestigia osculantur; ego etiam, si ancilla sim, umquam tamen, nisi in equestribus sedeo..... Ne hoc dii sinant, ut amplexus meos in crucem mittam!* Petron.

faquin dans la lie du peuple. Agrippine, Julie, oubliant le titre de mères... Mais c'en eſt trop, & la raillerie va plus loin que je ne le voulais. Ta chère Adelaïde ne verrait dans ces exemples trop fameux, que l'humanité dégradée, indignement avilie ſous les pieds fangeux de l'altière impudence.

Voila comme en tout tems les hommes ont ſubſtitué une licence injuſte, effrénée, à une généreuſe liberté. Il eſt cependant des ſiècles où les vices ſont plus gazés, parce qu'on en rougit encore : d'autres où on lève ſcandaleuſement le maſque. D'où vient donc aujourd'hui nos mœurs ſe raprochent-elles plus ouvertement de cet excès d'indécence où elles ſe montrèrent à la chute de la République romaine ?

Sans répéter ce que l'on a mille

fois redit, que plus les hommes se trouvent rassemblés en grand nombre, plus les fortunes deviennent inégales, & par une suite nécessaire, plus les mœurs sont molles, efféminées, dérèglées dans les uns; basses, serviles, faciles à corrompre dans les autres; j'en vois une cause plus prochaine: C'est la *Prostitution*, telle qu'elle est tolérée parmi nous.

Je te déveloperais davantage ma pensée: mais tu reviens, & nous causerons. Je vais employer le reste de mon papier à te parler de ta chère, de ta respectable épouse.

Nous sommes presque toujours ensemble, comme tu nous l'as recommandé; & le fruit que j'ai tiré de nos fréquens entretiens, c'est que je suis enfin convaincu qu'il y a des femmes dignes d'être adorées, moi qui ne croyais pas qu'il en fût de vraiment eſtimables. Injuſte prévention dont je rougis, & que je veux expier en feſant un choix comme le tien. Madame Des Tianges ne m'a pas converti par des ſyllogiſmes, des raiſonnemens; mais par ſa conduite: elle m'a ouvert ſon cœur: ô ciel! quel tréſor d'innocence, de tendreſſe, de généroſité! Ton bonheur a excité mes deſirs; mais je ne te l'ai pas envié, mon ami, tu en es trop digne. Et puis, pour te dire la vérité ſans aucune réſerve, je viens d'apprendre que ton épouſe avait une ſœur, aimable comme elle: cela m'a rendus clairs certains propos de madame Des Tianges, où je n'avais rien compris. Demain nous devons aller au couvent de cette jolie Recluſe: je la verrai: l'impatience où je ſuis de la voir me ſurprend; je crois cela d'un bon augure: c'eſt elle ſans doute qui doit me faire goûter cette félicité, dont je n'avais pas d'idée avant d'être reçu chez ta vertueuse épouse. Hâte-toi de revenir, mon bon ami; je vais avoir besoin de quelqu'un qui parle en ma faveur. Puissé-je joindre un jour, au nom d'ami dont tu m'honores, le titre de frère! Je suis tout à toi, mon cher.

D'ALZAN.

TROISIÈME LETTRE.

Du même.

20 avril.

EST-CE tout-de-bon, que tu ne viens pas encore? Ah! mon ami, peut-on vivre si longtems éloigné de ce que l'on aime? L'amour & l'amitié reclament également leurs droits violés. *Des affaires!* tu as *des affaires*, dis-tu? Eh-bien, on les laisse-là devenir ce qu'elles peuvent, & l'on revient auprès de sa femme, & d'un ami qui a besoin de nous. A la dignité avec laquelle tu parles *de ces affaires* qui te retiennent, & dans quel pays encore? en *Poitou!* ne semblerait-il pas qu'il s'agit de ta fortune ou de ta vie?...

J'ai vu la charmante Ursule. Ah!

Des Tianges, je t'aurais accusé d'injustice de m'avoir caché un si rare trésor, si ma conscience ne m'avait crié que j'étais indigne d'elle. Mon bon ami, que j'ai eu de plaisir à cette entrevue ! Dès que nous avons été arrivés, le tour s'est ouvert, Ursule est venue, & les deux charmantes sœurs ont volé dans les bras l'une de l'autre ; elles se sont caressées longtems ainsi que detendres colombes. Ensuite ton aimable compagne m'a présenté à sa sœur comme ton ami & le sien. Je n'étais guère à moi : le trouble dont je n'ai pu me défendre m'avertissait que je venais de trouver mon vainqueur, & que le beau-sexe allait être vengé. J'ai voulu faire un compliment : je n'avais pas le sens-commun. Madame Des Tianges a ri de tout son cœur; & tu sais comme elle est jolie lorsqu'elle rit; Urſule rougiſſait; & ton ami déconcerté, a gardé le ſilence. Je me ſuis pourtant remis au bout d'un moment, & dès que j'ai cru pouvoir laiſſer parler mon cœur, ſans montrer d'eſprit, je me ſuis exprimé de manière à faire honneur à tous deux: au moins eſt-ce-là ce que m'a dit obligeamment ton incomparable épouſe. Que dis-je, *incomparable!* oh le mot n'eſt plus de miſe: je l'aurais dit hier encore ſans ſcrupule; mais à préſent.... Mon ami, Urſule lui reſſemble trop bien pour ne pas l'égaler..... Elle parle de toi, cette charmante Urſule, avec des éloges!... je ſuis ſûr qu'elle déférera à tous tes avis. Reviens donc, mon cher, reviens, pour la diſpoſer en ma faveur..... Pourtant, j'en aurais des remords. Car ta petite ſœur vient de m'aprendre que tes occupations à Poitiers ſont ſi dignes d'un cœur comme le tien, qu'en vérité je me fais un ſcrupule de priver de ton appui ces pauvres orfelins dont tu règles les affaires, dont tu défens les droits. Tu le vois; je commence à marcher ſur tes traces. Voila le premier effet des ſentimens que m'ont inſpiré les charmes de l'aimable Urſule.

Cependant, envelopé dans ta vertu, tu t'ennuies, & je ſuis ſûr que tu nous ſouhaiterais tous auprès de toi. Nous le voudrions bien auſſi. Mais puiſque les devoirs que ton épouſe remplit ici auprès de tes parens, rendent la choſe impoſſible, je vais tâcher de vaincre ma pareſſe naturelle, & de répondre à l'invitation que tu me fais de traiter le point de morale que j'entâmai dans ma dernière lettre.

Je te diſais, ſi je m'en rapelle

bien, que nos mœurs pourraient devenir indécentes, & qu'elles sont très-corrompues : j'avançais que la manière dont les filles publiques & entretenues vivent dans la capitale & dans nos grandes villes, mêlées parmi nous, en était une cause prochaine. Puisque j'écris pour te desennuyer, je ne ferai pas une Dissertation; mais je tâcherai de mettre de l'ordre dans ma *Pornognomonie* (1), autant qu'il en faut pour en être entendu. . . .

Je te vois sourire : le nom demi-barbare de *Pornographe* (2) erre sur tes lèvres. Va, mon cher, il ne m'effraie pas. Pourquoi serait-il honteux de parler des abus qu'on entreprend de réformer ?

---

(1) Ce mot grec signifie *La Règle des Lieux de débauche.*

(2) C'est-à-dire, *Écrivain qui traite de la Prostitution.*

LA PORNOGNOMONIE.

Tu le sais, mon cher; il est une maladie cruelle, aportée en Europe de l'île *Haiti* (*) par *Christofe Colomb*, & qui se perpétue dans ces malheureuses que l'abord continuel des Étrangers rend comme nécessaires

(*) *Haiti*, à présent Saint-Domingue, l'une des Antilles, où la *grosse sœur de la petite-vérole* est endémique, & comme naturelle; soit par la qualité des alimens, la chaleur du climat, ou l'incontinence des anciens habitans. C'est ainsi que l'autre fléau nommé *petite-vérole*, est propre à l'*Arabie*: il en sortit par les conquêtes de *Mahomet*; les *Croisés* l'aportèrent en Europe en revenant de la *Terre-sainte*: & tels sont les fruits que le genre humain a retirés des *Croisades* & de la découverte du *Nouveau-monde*.

dans les grandes villes. C'eſt ainſi que la nature, mère commune de tous les hommes, ſembla, dès les premiers inſtans d'une injuſte uſurpation, vouloir venger les droits des frères, ſur des barbares qui dépouillaient d'un patrimoine ſacré leurs propres frères. Punition auſſi juſte que terrible, & qui doit faire regarder comme les fléaux du genre humain, ces prétendus héros, à qui notre hémiſphère ne ſuffiſait pas. Les anciens n'étaient pas moins ambitieux que nous ; mais ils furent beaucoup plus ſages : ils avaient été jetés par les gros temps ſur différentes côtes de l'Amérique ; ils ne firent pourtant aucun uſage de cette découverte : Eh ! qui ſait la vraie raiſon de cette maxime effrayante qu'ils établirent enſuite, qu'on ne pouvait paſſer la Zone torride ſans mourir ?

Leur expérience, moins fatale que la nôtre, les avait sans doute instruits : ceux qui furent infectés du *virus vénérien*, soit dans les îles ou dans le continent du nouveau-monde, périrent sans le communiquer; parce qu'ils eurent la bonne foi d'en faire connaître à temps les horribles ravages. Mais fût-ce un préjugé, que cette terreur qu'avaient les Anciens, il était heureux: plût au ciel que dans ces derniers tems, il eût arrêté le premier insensé qui osa traverser les mers !

Puisque le mal est fait, il ne s'agit plus que d'y trouver le remède. De deux moyens qui se présentent, celui *de séparer de la société*, comme autrefois les *lépreux* *, *tous ceux que la contagion a attaqués*, n'était praticable qu'à l'arrivée du *virus d'Haiti* en Europe; le *second* qui consisterait

* *Voyez la note* (A), *à la fin.*

à *mettre dans un lieu, où l'on puiſſe répondre d'elles, toutes les* FILLES PUBLIQUES, eſt d'une exécution moins difficile : il eſt le plus efficace, le plus important, puiſque ce ſerait prendre le mal à ſa ſource. Un Règlement pour les Proſtituées, qui procurerait leur ſéqueſtration, ſans les abolir, ſans les mettre hors de la portée de tous les états, en même temps qu'il rendrait leur commerce, peut-être un peu trop agréable, mais ſûr, & moins outrageant pour la nature ; un tel Règlement, dis-je, aurait, à ce que je penſe, un effet immancable pour l'extirpation du *virus* ; & produirait peut-être encore d'autres avantages, qu'on eſt loin d'en attendre. Faire naître un bien du dernier degré de la corruption dans les mœurs, ſerait le chef-d'œuvre de la ſageſſe humaine, une imitation de la Divinité.

L'honnête-homme, citoyen des grandes villes, y voit à regret règner l'abus des plaisirs les plus saints; de ces plaisirs destinés à réparer les pertes que fait chaque jour le genre humain. Cet abus, toujours toléré, quoique ses épouvantables ravages enlèvent tant de sujets à l'état, est un écueil, où se brise la sagesse de nos loix. Tous les soins & toute la prudence d'un père sage ne peuvent garantir du péril un fils que ses pareils entraînent, & que leur malheur même n'instruit qu'à demi, s'il ne le partage. Une jeunesse débordée, tu le sais, mon cher, court après le plaisir, & ne rencontre que les douleurs, & souvent la mort. Du fond de leurs provinces, de jeunes-gens accourent à la capitale, attirés par l'ambition, ou conduits par le devoir; & ces âmes, novices encore, ſe trouvent, au milieu du grand monde, au centre de la politeſſe, plus expoſées qu'au milieu des barbares & des bêtes ſauvages.

En effet, comment réſiſteront-ils? Une fille faite au tour les agace : un ſourire charmant ſe trace ſur ſon minois trompeur ; ſa gorge ſeulement ſoupçonnée, tente également la bouche & la main : elle a la taille ſwelte & légère ; avec art, elle laiſſe entrevoir une jambe fine, & ſon petit pied que contient à demi une mule mignone. Cependant, ces attraits ſéducteurs ne ſont preſque rien encore, auprès de ceux que leur vante une infâme vieille. Elle les aborde en tapinois ; elle leur parle, elle les retient : le miel eſt ſur ſes lèvres ; le poiſon dans ſes diſcours, la contagion s'exhale de ſon âme impure : s'ils conſentent à l'entendre, ils ſont perdus. Elle a chez elle des filles, dont la figure enchantereſſe porte dans tous les cœurs le trouble & les brûlans deſirs : vous ne ſerez embarraſſé que du choix : on y trouve toutes les nuances de la jeuneſſe ; des tendrons, qui dans l'âge de l'innocence, ont acquis déja tous les talens des malheureuſes auxquelles on les a livrées. Semblables à ces jeunes Eſclaves que le *Georgien* ou l'habitant de la *Tartarie Circaſſienne* élève pour les ſerrails de *Perſe* ou de *Turquie*, & qu'il inſtruit dès l'enfance à careſſer le maître qui doit les acheter, elles ont à la bouche tous les termes de la débauche ; elles en ont les lubriques attitudes, ſans y rien comprendre. Ces apas, que la Nature a rendus le doux apanage de leur ſexe, ne ſont point encore formés, & déja un goût brutal se plaît à en abuser (*) : d'inno-

---

(*) Il semble que les desordres les plus révoltans, soient la tache des siècles les plus éclairés. Voici le tableau que fait *Pétrone* de la conduite que tenait, dans la capitale du monde, l'impudique *Quartilla*.

Encolpe & *Ascylte* sont chez *Quartilla*, avec *Giton* : après que de vieux débauchés les eurent fatigués de caresses lascives & révoltantes, *Psyché*, suivante de *Quartilla*, s'aprocha de l'oreille de sa maitresse, & lui dit en riant quelque chose à l'oreille. *Elle répondit : Oui, oui, c'est fort bien avisé ; pourquoi non ? Voila la plus belle occasion qu'on puisse trouver pour faire perdre le pucelage à* Pannichis. *On fit aussitôt venir cette petite fille, qui était fort jolie, & ne paraissait pas avoir plus de sept ans : c'était la même qui, un peu auparavant, était entrée dans notre chambre avec* Quartilla. *Tous ceux qui étaient présens aplaudirent à cette proposition ; & pour satisfaire à l'empressement que chacun témoignait, on donna les ordres nécessaires pour le mariage. Pour*

centes & malheureuſes créatures ſont deſtinées à ranimer dans des vieillards libertins, moins laids qu'uſés & corrompus, une volupté languiſſante, des ſenſations éteintes. Le jeune homme même, entraîné, sé-

---

moi (c'eſt Encolpe qui parle) *je demeurai immobile d'étonnement, & je les aſſurai que* Giton *avait trop de pudeur pour ſoutenir une telle épreuve, & que la petite fille n'était pas auſſi dans un âge à pouvoir endurer ce que les femmes ſouffrent dans ces occaſions.* —*Quoi! répartit* Quartilla, *étais-je plus âgée, lorſque je fis le premier ſacrifice à Vénus? Je veux que Junon me puniſſe, ſi je me ſouviens d'avoir jamais été vierge: car je n'étais encore qu'une enfant, que je folâtrais avec ceux de mon âge; & à meſure que je croiſſais, je me divertiſſais avec de plus grands, juſqu'à ce que je ſois parvenue à l'âge où je ſuis. Je crois que de-là eſt venu ce proverbe,*

Quæ tulerit vitulum, illa poteſt & tollere taurum.

duit; quelquefois, pour ſon coup d'eſſai, commence par violer toutes les loix de la nature.

Mais ſi la raiſon & l'humanité règnant encore au fond de ſon cœur, empêchent qu'il ne ſe livre au barbare plaiſir de faner les boutons des roſes avant que le ſouffle de Zéphyre les ait épanouies, on fera bientôt paraître à ſes yeux tout ce que la Nature a formé de plus parfait. C'eſt un jeune objet, dont la beauté fit le malheur : trois luſtres à peine achevés : gorge naiſſante, & fraîche encore : teint de roſes & de lis.... Nonchalamment étendue ſur une bergère, la déeſſe a choiſi la poſture la plus propre à faire ſortir ſes apas: la neige eſt moins blanche que le deshabillé galant qui la couvre : une jupe trop courte, un peu dérangée, laiſſe voir la moitié d'une jambe faite au tour : mollement apuyé ſur un couſſin, un joli pied donne envie de le baiſer, tandis que l'autre tombe négligeamment ſur le parquet : la ſéduiſante ſyrène donne à ſon ſein, que preſſe un corſet raſſemblant, collé ſur ſa taille fine, ce mouvement vif & répété, qui dans une beauté naïve, eſt l'avant-coureur de la défaite : les Grâces vont ouvrir ſa bouche mignone; ſous deux barrières de corail, on aperçoit l'ivoire & la perle : un ſon de voix plus flateur que celui de la lyre ſe fait entendre : un bras, une main blanche comme le lait ſe déploie, elle fait ſigne à la victime d'aprocher : à ce mouvement enchanteur, l'âme eſt ébranlée, on ne ſe connaît plus : le jeune imprudent s'avance: déja la volupté l'ennivre ; les tumultueux deſirs font bouillonner ſon ſang, & la Beauté même le careſſe; Beauté perfide, qui ſaura paraître rendre : que dis-je ? elle jouera juſqu'à la pudeur, pour ſe rendre bientôt, avec un emportement affecté, lorſque les tranſports aveugles ſuccèderont aux vœux craintifs.... O malheureux jeune-homme arrête! ... arrête! un ſerpent eſt caché ſous ces fleurs (*).

Hélas! la vue du précipice, n'eſt pas aſſez puiſſante pour le retenir: ſéduit par ſon cœur, par la nature même & par ſon tempérament, il court à ſa perte. Ah! s'il pouvait connaître le danger!... ſouhaits impuiſſans! il doit payer ſes tardives lumières du bien le plus précieux après la vertu, de ſa ſanté.

(*) Elles ne ſont pas toujours auſſi dangereuſes. *Voyez la note* (A).

Les loix de la société, la décence, la pudeur, & sur-tout la parure, en aiguisant les desirs, sont devenues le principe secret de la Prostitution moderne : ainsi l'on verra des intempérans & des sensuels, tant que les mets délicats & les liqueurs fines châtouilleront agréablement un palais friand : c'est donc à nos loix, non pas à détruire cet état vil, il sera tant qu'elles existeront ; mais à en diminuer l'inconvénient & les dangers, physiques d'abord, & par contrecoup, les moraux.

La Prostitution n'a pas, à la vérité, produit la honteuse contagion qui desole l'univers : mais elle la propage ; elle en est le réservoir, la source impure, & toujours renaissante(*). Quand les coupables seraient

(*) Quoique cette maladie terrible soit

ſeuls punis, par les ſuites affreuſes d'une volupté brutale, la juſtice de la peine n'empêcherait pas que ce ne fût toujours un grand mal pour le genre humain.... Mais, ô mères ſages, vous, qui durant tant d'années cultivates avec ſoin ces tendres fleurs, l'ornement de la patrie, & les chef-d'œuvres de la nature; qui par vos exemples & vos leçons, inſpirates à vos filles l'amour de la vertu & d'une chaſte décence; quelles larmes amères vous prépare ce jeune époux que vous leur deſtinez! Aveuglées par des vertus factices, ſéduites par des dehors brillans, vous êtes bien loin de penſer qu'il porte dans ſon ſein la corruption & la mort; il ne s'en

---

accompagnée de ſymptômes moins grâves qu'autrefois, il ne faut pas s'imaginer qu'elle s'anéantiſſe jamais d'elle-même.

doute peut-être pas lui-même : & bientôt une jeune, une timide épouse, tourmentée par le poison dont elle ignore la nature & la source, périra douloureusement, en donnant le jour à un être innocent, infortuné comme elle, qui va la suivre au tombeau!

Oui ; la Prostitution est un mal nécessaire, partout où il règne quelque pudeur ; j'en conviens avec tout l'univers & tous les siècles : Sparte (*),

---

(*) Les loix de *Lycurgue* font croire que ce législateur ne regardait pas la pudeur comme la conservatrice de la chasteté. Les *filles* de Sparte étaient toujours indécemment vêtues : il y avait même des occasions où elles paraissaient en public dans une entière nudité, pour disputer entr'elles le prix de la course : « Mais en proscrivant la pu-
» deur, il n'est pas démontré que *Lycurgue*
» ait réussi à conserver la chasteté ; l'une de

où cette vertu était proscrite, est le seul endroit au monde que je connaisse, où l'on ne dut point voir de ces malheureuses, qu'ordinairement tous les vices réunis précipitent jusqu'au dernier degré de l'avilissement & de la turpitude (A).

(A) *Les notes designées par ces lettres majuscules, forment la seconde Partie.*

» ces vertus est la gardienne inséparable de » l'autre. Les Lacédémoniennes n'eurent pas » une réputation irreprochable, & parmi » les vices dont on accusait le plus communément cette nation, leur libertinage ne » fut pas oublié ».

Cantet . . . . . libidinosæ
Lædeas Lacedemonis palestras.

Martial. Epig. 55 L. IV.

Reste à savoir si *Lycurgue* ne regarda pas la chasteté *publique*, comme plus nuisible que nécessaire, dans l'État qu'il voulait former. Je distingue la *chasteté particulière* de la *chasteté publique*; les desordres momentanés des particuliers peuvent donner atteinte à la première, mais jamais les loix, qui n'ont d'influence que sur la seconde.

Un

Un homme qui parcourrait en politique & en philosophe, tous les lieux de débauche de cette Capitale (avec la précaution néanmoins d'avoir, comme les Triomphateurs Romains, quelqu'un à ses côtés chargé de l'avertir à tout moment qu'il est un faible mortel); un tel homme, dis-je, serait partout révolté, en voyant de grandes, de jolies filles, auxquelles, de tous les avantages de leur sexe, il ne manque que des mœurs, perdues pour la société, à laquelle elles auraient donné des enfans robustes, bien constitués, & d'une agréable figure. —La débauche engloutit donc ce qu'il y a de plus beau & de plus capable de plaire, se dirait-il à lui-même, à peu près comme la guerre détruit les hommes les mieux faits & de la taille la plus riche. Il s'ensuit delà nécefſairement, que le nombre des belles perſonnes doit inſenſiblement diminuer, & que celles qui auront quelque figure, doivent être plus vaines, plus ſotes, & par conſéquent, plus expoſées à la ſéduction—. Tu regarderas peut-être, mon cher, ce que j'avance là comme hazardé & deſtitué de preuves: mais jette un coup-d'œil ſur cette multitude de figures preſque hideuſes, qui inondent nos villes; voi la laideur & les tailles petites ou défectueuſes ſe propager de père en fils, de mère en fille; la nature ne travaille pas ainſi: obſerve les pays où le beau-ſexe n'eſt pas auſſi-tôt enlevé que connu, & dans leſquels la fille d'un payſan quelque belle qu'elle ſoit, eſt pour le fils d'un payſan; tu trouveras que les enfans ſuccèdent aux traits de ceux qui leur ont donné le jour.

Je dis plus ; les mœurs contribuent à la beauté : des parens qui mènent une vie molle, doivent procréer des enfans débiles, dont le teint délicat & la peau tendre ne sont pas à l'épreuve de l'air & des années : aussi voit-on qu'à Paris, où l'on veut des fruits précoces, des talens précoces, des beautés précoces, où l'on *prématurise* tout, la Nature gênée sert les hommes suivant leur goût : les jolis enfans dans les deux sexes n'y sont pas rares : mais leurs traits s'enlaidissent en se dévelopant ; le coloris fin & brillant de ces charmantes poupées ressemble au goût superficiel du peuple ; c'est une fleur qui paraît à son aurore avec quelqu'éclat, mais qui se fane avant son midi. Au contraire, j'ai vu dans certaines provinces, des figures demi-ébauchées, des esprits rien moins que pénétrans, parvenus à l'adolefcence, étonner, ou par la régularité de leurs traits, ou par la folidité de leur génie. Oui, mon ami, le genre humain a perdu de fes attraits: ici, par les caufes particulières que je viens de t'expofer; dans toutes les parties du monde, par le mêlange des peuples. Le Perfan moitié Tartare, corrige, dit-on, fa laideur naturelle, en mêlant fon fang avec celui des belles Efclaves de *Téflis* : mais les enfans font moins beaux que s'ils provenaient d'un père & d'une mère nourris dans les fertiles campagnes que le *Kur* arrofe, & que fi ces nouveaux rejetons recevaient l'influence du climat des grâces. Le Georgien lui-même, en fe privant toujours de ce qu'il a de plus parfait, ne diminue-t-il pas la beauté de fon fang ? Je ne crois pas qu'on en puiffe douter. Nous n'avons donc plus dans le monde que de demi beautés; ou s'il s'en trouve de parfaites, elles sont dans les cantons éloignés des grandes villes, où règne, avec l'innocence des mœurs, une aisance honnête : car la misère déforme le corps ; ses funestes effets vont jusqu'à l'âme, & *lui ôtent la moitié de sa vertu.* Rien de plus aisé, en parcourant les provinces, que de se convaincre de la vérité de ce que j'avance. Les malheureux sont toujours laids : à la longue, l'abondance & l'égalité ramèneraient avec les Ris, Vénus & les Grâces. En attendant, les jolies personnes seront toujours en si petit nombre, qu'on doit bien leur pardonner leur afféterie. Mais qui ne sait pas, que le poison des Antilles porte à la forme humaine, d'irréparables atteintes?.......... Quels motifs plus puissans imaginera-t-on, pour nous porter à desirer, qu'on mette de l'ordre dans un état, qui paraît à la vérité peu fait pour être règlé, mais qui le fut autrefois, mais que rien n'empêche qui ne le soit encore (*): La vie, la santé des citoyens; l'intérêt de nos filles, que leur sagesse ne met pas à l'abri d'une maladie, dont on ne peut se confesser atteint sans rougir; les agrémens de la figure, la beauté, le second des avantages de l'espèce humaine, que tant de personnes regardent comme le premier!

(*) On a abandonné les *Prostituées* à elles-mêmes, à peu-près vers le tems où il était le plus nécessaire de veiller sur elles par une administration sage, c'est-à-dire à l'arrivée du *virus vérolique* en Europe. Le mal s'est étrangement étendu; & cela ne doit pas surprendre: ce qui m'étonne au contraire, c'est que la contagion ne soit pas générale.

Mais ce n'eſt pas tout: on pourrait retirer des lieux de Débauche, ſoumis au bon ordre, un avantage réel. C'eſt ce que je déveloperai dans les Lettres ſuivantes; car celle-ci n'eſt déja que trop longue. Tu n'aimes pas ces faſtidieuſes Épîtres qui ne contiennent que des phraſes ſtériles : je crois te ſervir ſuivant ton goût, en ſoumettant à tes lumières des idées qui peuvent être de quelqu'utilité pour le genre humain.

QUOIQUE ton aimable épouſe t'écrive auſſi, elle veut que je te faſſe mille amitiés de ſa part & de celle de la belle Urſule. Je te ſalue, mon bon ami, & ſuis avec un plaiſir inexprimable,

Ton cher D'ALZAN.

QUATRIÈME LETTRE.

Du même.

3 mai.

JE me ſuis trouvé deux fois avec la charmante Urſule, depuis ma dernière, mon cher : la première fois, il y a deux jours ; madame Des Tianges était avec nous : la ſeconde aujourd'hui, & nous étions ſeuls.... Oui, ſeuls. Cela t'étonne ? Eh bien, pour augmenter encore ta ſurpriſe, je te dirai que nous avons cauſé près d'une heure, & que je lui ai dit les choſes les plus.... ſurprenantes. Car au lieu de lui parler de la ſeule dont je deſiraſſe l'entretenir, je n'ai pas eu la hardieſſe d'en toucher un mot. En vérité, cette adorable fille m'intimide : elle rend modeste & retenu le *pétulant*, l'*effronté* d'Alzan : & puis il faut te dire, que nous étions dans un parloir. Madame Des Tianges m'avait prié d'avertir Ursule, qu'elle irait la prendre le soir, pour aller chez une parente, que la charmante sœur ne connaît pas. Ma chère Maîtresse (qui ne se doute pas encore que je lui donne de tout mon cœur un nom si doux) m'a questioné sur cette Dame, sur son caractère, sur sa beauté. La conversation aurait bientôt tari, car je n'avais pas grand' chose à en dire : mais j'ai fait comme *Pindare*, qui, lorsque le plat individu qui le payait pour célébrer sa victoire aux Jeux Olympiques, ne lui offrait pas une matière assez brillante, louait Castor & Pollux : fort adroitement, j'ai tourné la conversation sur Adélaïde Des Tianges ;

l'éloge de son cœur de son esprit, a jailli de source; j'ai parlé longtems & avec feu de sa tendresse pour toi; j'ai peint ses mœurs pures, & j'ai dit quelque chose de sa beauté. Mes yeux étaient fixés sur l'aimable Recluse, lorsque j'ai loué les grâces de ton épouse; & je t'avouerai, que sous le nom d'Adelaïde, c'était le portrait d'Ursule que je fesais. Elle s'en est aperçue sans doute, car elle a prodigieusement rougi. Ce soir, je dois les accompagner. Conçois-tu, mon ami, combien je vais être heureux! Je passerai trois heures au moins avec Ursule; c'est en attendant cet instant desiré que je t'écris. Je reviens à mon Projet.

SUITE.

§ I.

NÉCESSITÉ DES LIEUX DE PROSTITUTION.

Tu as entrevu que mon deſſein n'eſt pas de faire regarder la Proſtitution comme abſolument intolérable dans un État bien règlé : loin delà ; je la crois d'une malheureuſe, mais abſolue néceſſité dans les grandes villes, & ſurtout dans ces abrégés de l'univers, qu'on nomme *Paris*, *Londres*, *Rome* &c.

Je me rappelle d'avoir avancé que, parmi les anciens, Sparte ſeule avait dû ſe paſſer de filles publiques. Les loix de Lycurgue ôtaient, dit-on, la pudeur à la chaſteté même, & dès-lors les deſirs devaient être moins violens (*). Mais ce n'était pas assez:

(*) « L'amour aurait pu produire de grands » ravages, sur-tout chez un peuple porté à » l'enthousiasme : des loix sévères, des ob- » stacles multipliés n'auraient servi peut-être » qu'à le rendre plus dangereux: *Lycurgue* » prit une voie toute opposée : indépendam- » ment des exercices où les filles étaient en- » tièrement nues, il voulut que leurs habits » ordinaires les laissassent à moitié décou- » vertes : il défendit le célibat sous peine » d'infamie, permit aux maris de prêter leurs » femmes, & autorisa les hommes à em- » prunter les femmes les plus belles, en s'a- » dressant à leurs maris. Toute ces loix, en » attaquant la fidélité & la pudeur, ôtaient » à l'amour presque tout ce qu'il a de déli- » cat & de séduisant : mais en même-tems » elles affaiblissaient cette passion, & pré- » venaient les fureurs de la jalousie. *Dissert. de m. Mathon de la Cour, sur les causes & les degrés de la décadence des loix de Lycurgue, couronnée par l'Acad. des Inscriptions & Belles-Lettres, 1767.*

ce Législateur, que la Grèce regarda longtems comme le plus sage de tous les hommes, connaissait trop le cœur humain, pour ne pas sentir que, tant qu'une femme serait interdite à tout autre que son mari, cette impuissance de la posséder légitimement, suffirait pour en faire naître le desir. Il voulut que des citoyens, entre quî tout était déja commun, pussent se demander les uns aux autres, & se prêter leurs femmes: il imposa même l'obligation à celui qui ne pourrait avoir d'enfans de la sienne, de la céder pour quelque tems à un autre. Dans une république où tous les citoyens étaient égaux, & mangeaient en commun; où par conséquent le luxe de la table, des habits, des bâtimens était impossible, inutile ou ridicule; où le même homme enfin pouvait prétendre à toutes les beaurés, & les femmes suivre des goûts que les loix ne réprouvaient pas (*), la Prostitution, cet état avilissant, qui met une fille charmante audes-

---

(*) Voila pourquoi un Lacédémonien répondit à celui qui lui demandait, *quelle était à Sparte la peine des Adultères?* que *le coupable était obligé de donner un bœuf assez grand, pour boire du haut du mont* Taygète *dans l'*Eurotas. — *Mais*, dit le questioneur, *il est impossible de trouver un tel bœuf.* — *Pas plus que de rencontrer un adultère à Sparte.* En effet, ce qui constitue le crime, c'est l'opposition aux loix: tous les forfaits contre la société, si sévèrement & si justement punis, ne seraient plus que des actions indifférentes, si la société était dissoute. On sait aussi que les Pères de l'Eglise, trompés par la réponse du Lacédémonien, ont cité fort souvent aux Chrétiennes l'exemple des femmes de Sparte: il faut avouer qu'ils ne pouvaient plus mal choisir. *Voyez la note précédente.*

sous des bêtes même, ne devait & ne pouvait pas exister.

A Athènes, à Rome, & dans le reste de l'univers, où les mœurs étaient beaucoup moins exactes sur l'article des mariages, qu'elles ne le sont aujourd'hui parmi nous, il y avait des lieux de Débauche : mais je suis persuadé que le nombre des filles publiques des seules villes de Paris ou de Londres, surpasse ce qui pouvait s'en trouver dans la Grèce ou dans l'Italie entière, lors de la plus grande corruption des Grecs & des Romains : parce que, outre le divorce qui était permis, un maître avait le droit de faire servir ses Esclaves à ses plaisirs (*). C'est encore

(*) Le droit de *jambage*, dont certains petits seigneurs *Vaudois* jouissaient encore il y a cent-cinquante ans, était un reste de

la raison pour laquelle, de nos jours; il ne se trouve presque point de Prostituées Musulmanes, très-peu chez les Indiens, & les habitans du Nouveau-monde*. Les deux genres odieux d'impudicité, dont les barbares Espagnols accusèrent ces derniers, pour donner une ombre de justice à leurs massacres, à leur tyrannie plus cruelle que la mort, étaient autant de calomnies, dont les justifia le pieux Evêque *Las-Casas* (*), qui avait par-

* *Voyez la note* (A).

---

cette coutume barbare. Le *terrier* de ces nobles, à la suite de leurs droits domaniaux, portait celui *de déflorer la mariée le jour de ses noces, & d'avoir la première nuit.* Il a fallu toutes les lumières qu'a répandu sur l'Europe le renouvellement de la philosophie, pour faire rougir ces petits tyrans, d'un prétendu droit qui avait été presque général, sous l'empire même du Christianisme.

(*) *Las-Casas* était évêque de *La-Chiapa* dans la Nouvelle-Espagne.

couru

couru toute l'Amérique Méridionale.

Loin de moi la pensée de proscrire la pudeur, d'excuser le divorce, & de chercher à diminuer la juste horreur qu'inspire l'usage barbare d'acheter une belle fille; comme si ce trésor, plus grand que toutes les richesses des Monarques, pouvait être mis à prix d'argent, & que l'empire despotique qu'on se donne sur elle de cette manière, ne fût pas aussi contraire à la nature, qu'aux lumières de la raison. Nos mœurs, toutes déréglées qu'elles paraissent, sont préférables à celles des Anciens & des Musulmans (*). J'ose dire plus : il vaudrait

(*) Préconise qui voudra les vertus des *Turcs* & de presque tous les Asiatiques en général; pour moi, je ne regarde les hommes de ces contrées que comme de lâches esclaves, qui se vengent de leur avilissement sur le sexe le plus faible : ce ne sont pas des époux, ce sont des maîtres dédaigneux,

mieux que nous vissions croître le nombre des filles publiques, & que nos femmes cessassent d'être chaque jour entourées d'un essaim de méprisables séducteurs. A cette condition si dure,

---

ou des tyrans jaloux. Quel pays, grand dieu! où l'homme achète à la foire l'objet de son amour! Non, celui qui croit pouvoir acquerir & vendre son semblable, & qui regarde comme une action permise de détruire un homme sans le tuer, ne peut avoir l'idée de la veritable vertu. Ces *Chinois* si fameux, qui, dit-on, dans les conditions même les plus basses, s'entr'aident civilement, où se disputent l'honneur de céder dans des circonstances où les charretiers de Paris & de Londres se prennent aux cheveux; ces Chinois vantés noient leurs filles lorsqu'ils croient en avoir assez; sans parler de leur fourberie, & des autres défauts, que le *Voyage de lord Anson* a dévoîlés. Heureuse Europe, garde tes vertus; plutôt même tes vices, que de rien envier à ces climats!

puissent-elles toutes, fidelles comme l'aimable Adelaïde Des Tianges, n'introduire jamais dans nos familles, des enfans qui usurpent nos droits, & volent notre nom ! L'expérience nous aprend qu'une épouse qui s'est oubliée jusqu'à manquer au premier de ses devoirs, ne le viole jamais seul : l'amour maternel s'efface d'une âme adultère ; les biens quelquefois se dissipent, pour fournir à la dépense d'un vil *procateur* (*) ; & sou-

(*) Notre idiome manque d'un terme propre pour rendre cette idée ; je me suis cru permis d'en emprunter un dans la langue mère de la nôtre : *Procus*, de l'ancien verbe latin *procare* [demander effrontément] & au figuré [cajoler la femme d'autrui] est le terme propre, que je rends par *procateur*. On se sert du mot *adultère* ; mais outre que cette expression est la même pour le crime & pour le criminel, l'amant d'une femme n'est pas toujours son *adultère*.

vent un mari de bonne-foi, ne ſort de ſa longue ſécurité que ruiné & trahi. Mais pour ſéduire une femme, une fille d'honneur, il faut des peines, des ſoins, & quelquefois d'énormes dépenſes ; car le beau-ſexe creuſe ſous nos pas un goufre, qui fait également diſparaître les biens de celui qu'il dupe & de l'amant qu'il favoriſe. J'ai vu, mon cher Des Tianges, beaucoup de ces hommes mépriſables, pour leſquels le crime eſt un jeu, s'effrayer des ſuites d'une intrigue & l'abandonner : ils préféraient une de ces femmes, dont quelque choſe de pis que la galanterie eſt le métier, parce que, diſaient ils, elles ſont ſans conſéquence, & qu'on les quitte ou reprend lorſqu'on le veut. Et s'ils n'en euſſent pas trouvé ? C'en était fait : ils auraient tout ſacrifié, pour ſatisfaire la première des paſſions. Je conclus delà, que la Proſtitution eſt un mal, qui en fait éviter un plus grand.

Effectivement, dans l'état actuel de nos mœurs, & dans un ſiècle où le nombre des Célibataires eſt ſi fort augmenté; où l'on voit même ceux qui ſont engagés dans le mariage former le projet criminel de ne vivre que pour eux, & craindre de ſe donner une poſtérité (1); où les Eccléſiaſtiques ont ſi peu l'eſprit de leur état [parce qu'en effet il eſt peu d'hommes qui puiſſent l'avoir (2)]

(1) Ce crime n'eſt pas à notre ſiècle ſeul: la femme d'un romain nommé *Pannicus*, prenait de coupables précautions contre la groſſeſſe:

Cur tantùm euneuchos habeat tua Gallia quæris,
Pannice? vult f... Gallia, nec parere.

Mart. Epig. 67 L. VI.

(2) L'Auteur de la *Diſſertation ſur les loix de Sparte* fait cette remarque ſenſée:

quelle est la vertu qui pourrait se soutenir contre une foule d'ennemis intéressés à la détruire ? Les loix, même les plus sévères, auraient-elles assez de force, pour garantir de la violence, un sexe qui met sa gloire à faire naître le péril, mais qui craint de le partager ? Une foule d'Étran-

---

« Des loix parfaitement conformes à l'hu-
» manité prendraient tous les jours une nou-
» velle force, au lieu que le tems mine &
» affaiblit les autres par degrés, & tôt ou
» tard finit par les abolir ». En effet, commander aux hommes ce qu'ils ne peuvent exécuter qu'avec de grands efforts & des combats continuels, c'est leur prescrire ce qu'ils ne feront point du tout, ou pas longtems. Tout état qui tend à élever l'homme au-dessus de la nature, est l'écueil de l'honnêteté; car il ne peut se soutenir que dans l'enthousiasme de la nouveauté : il ne fait ensuite que des tartuffes; espèce de mal-honnêtes-gens la plus dangereuse de toutes.

gers inondent les grandes villes; ils ont quitté leurs connaiſſances & leurs maîtreſſes; mais les deſirs les ſuivent: ils s'enflâment à la vue du premier objet, avec d'autant plus de facilité, que le beau-ſexe des Capitales eſt plus ſéduiſant, plus coquet: ajoutez que la privation ſubite où ſe trouvent ces Étrangers, de tous leurs amuſemens ordinaires, laiſſe dans leurs cœurs un vide, qui les livre tout entiers à l'amour. Tu ſuppléeras, mon cher, à tout ce que je tais. Eh! combien de ſéductions, de rapts, de viols, la Proſtitution fait éviter! Qu'on prenne une route difficile, pour ne pas dire impraticable, & qu'on change nos mœurs au point que le commerce ceſſe preſqu'entièrement entre les deux ſexes; qu'en réſultera-t-il? Un mal plus grand encore: d'infâmes *gitons* braveront impudemment les loix & la nature; nos enfans vont être exposés à toutes les indignités d'une passion brutale (B).

(B)

Madame Des Tianges me fait avertir : nous allons prendre Ursule. Porte-toi bien, mon bon ami. Je te suis tout dévoué.

D'ALZAN.

CINQUIÈME LETTRE.

Du même.

15 mai.

AH! mon cher Des Tianges! cet inſtant attendu avec tant d'impatience, il eſt paſſé... & je voudrais être encore à le deſirer. Urſule n'a pas reçu l'aveu que je lui ai fait de ma tendreſſe, comme je l'eſpérais. Je n'ai jamais ſouhaité ta préſence avec plus d'ardeur. Aurais-je un rival? quelqu'un aurait-il déja touché ce cœur, dont la poſſeſſion excite tous mes deſirs?... Ah! Des Tianges, que je ſerais malheureux!

J'étais auprès de cette fière beauté; on nous laiſſait la liberté de nous entretenir : je n'ai pas manqué de ſaiſir une occaſion auſſi favorable pour ouvrir mon cœur. Urſule m'écoutait; mais avec une froideur capable de déconcerter un homme moins amoureux que moi. Non, ſi ſon cœur était libre, elle n'aurait pu s'empêcher d'être attendrie de tout ce que je lui diſais. Madame Des Tianges partage ma douleur; elle me plaint: mais, hélas! ſi ſon adorable ſœur eſt inſenſible pour moi.... Cette idée m'accable & me ſuit partout. Je n'y connais point de remède, cher Des Tianges. Si tu voyais à préſent ce volage, ce léger d'Alzan; cet inſenſé, qui bravait un ſexe qu'il n'eſt pas digne d'adorer; qui le dénigrait, le raillait, le mépriſait; ne le jugeait que d'après les Catins qu'il a hantées, & ſa propre corruption; ſi tu le voyais humilié, pleurant.... Je connais ton cœur; il ſerait touché, pénetré. Ne pourrais-tu, mon bon ami, hâter la décision des affaires qui te retiennent, venir bien vîte.... Mais Ursule m'en aimerait-elle davantage? Que tu es heureux, Des Tianges! Si mon sort pouvait un jour ressembler au tien! Ah! je n'ai connu ni le bonheur, ni même le plaisir : il faut, pour en jouir, être aimé d'une femme, honnête, charmante; & ce bien si grand, qu'ai-je fait pour le mériter?

Je continue aujourd'hui à t'entretenir de mon Projet, il faut te l'avouer, autant pour me distraire, que pour m'acquitter de ma promesse : on ne doit donner à ses amis les choses que pour ce qu'elles valent. Si j'écrivais à un homme à préjugé, à quelqu'un de ces puristes qui font main-basse sur les moindres peccadilles des pauvres humains, je ne me serais pas expliqué avec autant de franchiſe ſur la Néceſſité des lieux de Proſtitution. Je craindrais, avec raiſon, de paſſer dans l'eſprit d'un tel homme, pour un de ces Épicuriens ſans mœurs, qui voudraient pouvoir ſe livrer en toute ſureté à leurs criminels panchans. Je n'ai pas à redouter cette injuſtice de ta part, mon cher; & les diſpoſitions que je montre aujourd'hui, te ſont un garant ſûr que je ſuis changé.

§ II.

INCONVÉNIENS DE LA PROSTITUTION.

NON, mon ami, je ne me ſuis point aveuglé ſur les inconvéniens du *publiciſme* d'un certain nombre de femmes, même avec la réforme que je deſirerais qu'on introduisît : ils ſont encore très-grands. Par exemple; je ne puis m'empêcher de m'avouer à moi-même, I.nt Que si l'on mettait de la règle dans les lieux infâmes, il semblerait par là, que le Gouvernement leur donnerait une attention dont ils sont peu dignes (*). II.nt Que des plaisirs sûrs, faciles, assez peu coûteux, procureraient l'assouvissement d'une passion illégitime; diminueraient peut-

---

(*) Cette objection, la plus forte & la plus sensée de toutes, n'embarrassera plus, si l'on fait attention à toutes les précautions que le Règlement va prescrire, pour rendre la Prostitution entièrement différente de ce que nous la voyons. D'ailleurs le mal est si grand, qu'il faut employer jusqu'aux poisons, s'il peut en résulter des effets salutaires : je le dis encore, le mal est si grand, qu'il ne faut pas être délicat sur les moyens de le diminuer.

être le nombre des unions honnêtes (*). III.nt Qu'un Chrétien ne doit pas regarder comme une chose de petite considération, le crime que mon Projet ne peut s'empêcher de favoriser (*). IV.nt Enfin, quelques personnes pourront croire, que l'es-

---

(*) Le premier inconvénient est réel: le second me paraît peu fondé : les gens honnêtes des conditions aisées ne s'en marieront pas moins, parce qu'il y aura un *lieu public* : les habitans des campagnes, dont la population importe tant à l'État, ne songeront guères à y aller. Il n'y aura donc que nos libertins & nos célibataires volontaires; & ces gens-là, comme on sait, sont déja perdus pour la patrie. L'Établissement peut seul diminuer la lacune que laisse le déréglement de leurs mœurs.

(*) Un Chrétien sait que Dieu tire le bien du mal même. Hélas! & nous, souvent, nous tirons le mal du bien !

pèce d'approbation qu'on donnerait à des filles perdues, influerait sur les mœurs, en accoutumant insensiblement à regarder avec moins de mépris ce dernier période de la perversité humaine (*). C'est aussi, à-peu-près, à quoi se réduisent les observations que j'ai lues dans ta lettre sur le sistème proposé. Je ne parle pas de ce que tu ajoutes encore, *Que c'est desarmer la justice divine, qui punit l'impudicité dès cette vie même, par des châtimens qui naissent du desordre auquel se livrent les débauchés*. Tu ne t'es pas rapelé, que j'avais prévu cette objection.

Examinons maintenant la foule de dangers que nous éviterons, en nous

(*) On n'aura plus cette idée, dès qu'on se fera bien pénétré du motif qui aurait déterminé l'établissement des *Parthénions*.

exposant à quatre inconvéniens, qui existent, même aujourd'hui, indépendamment de mon Projet.

I.nt *L'affreuse maladie que la Prostitution étend & propage sans interruption, sans discontinuité.* Ses ravages s'étendent sur plusieurs générations, sans que les individus s'imbuent d'un nouveau *virus* : le minéral qu'on emploie, le régime qu'on observe affaiblissent le tempérament : un levain que l'art ne parvient jamais à détruire entièrement, attaque les principaux viscères, surtout l'estomac & les poumons : il n'est point de guérison complette ; l'*économie animale*, ébranlée trop fortement, ne reprend jamais un équilibre parfait. Si les coupables étaient seuls affectés de ce mal cruel, on pourrait le regarder comme une juste punition de leurs desordres ; mais leurs enfans ſans ne le ſont pas. Je l'ai dit en commençant, on voit de tendres, d'infortunées victimes devenir la proie d'un mal d'autant plus dangereux, qu'elles ne ſoupçonnent pas même d'en être atteintes: il a déja fait d'irréparables ravages, lorſqu'on le reconnaît aux ſymptômes qui lui ſont propres: les nouveaux-nés & leurs nourrices périſſent miſérablement. L'humanité, la raiſon indiquent, qu'on ne doit rien négliger pour défendre & ſauver ces innocentes créatures (*).

(*) Bien des gens s'occupent à chercher des méthodes ſûres & faciles pour guérir les *maladies vénériennes*, ſans employer l'incommode & dangereux mercure: les prétendues découvertes peuvent tout-au-plus enrichir quelques Charlatans, que le ſecret de procurer des cures palliatives rend célèbres; mais le Gouvernement peut en tarir la ſource; il tient entre ſes mains le plus puiſſant des antidotes. *Voyez la note* (A).

II.[nt] *Une foule de jeunes filles, presque toutes jolies, les mieux faites & les mieux constituées de la nation, sont perdues pour la patrie.* On sait que dans cet état, aussi dangereux qu'humiliant & pénible, elles parviennent rarement jusqu'à la moitié de leur carrière : les débauches en tout genre abrégent le cours de leur vie. Elles ne rendent point à l'État, le tribut de travail que lui doit chacun de ses membres : elles passent leurs misérables jours dans une sorte d'engourdissement, dont elles ne sortent la plupart que le soir pour tendre ces filets où l'homme le plus sage se prend quelquefois aussi-bien que le libertin (*). La patrie est

(*) On tue le chien enragé & le serpent, dès qu'on les a découverts : sont-ils, même physiquement, aussi dangereux qu'une *fille publique*?

privée des ſujets que lui donneraient toutes ces filles, qui regardent la groſſeſſe comme le plus grand des malheurs; non parce qu'elle leur fait mettre ordinairement au monde des enfans mal-ſains, qui périſſent bientôt, ou vivent infirmes; mais parce qu'elle porte un échec toujours irréparable à leurs attraits. Auſſi emploient-elles tous les artifices imaginables pour l'éviter, ou pour ſe procurer l'avortement, au commencement d'une groſſeſſe reconnue.

III.[nt] *Les endroits de débauche, diſperſés comme ils le ſont parmi nous, font ſouvent naître, pour certaines femmes* (C), *le deſſein & l'occaſion de venir s'y livrer à l'infâme panchant au libertinage, qu'elles n'euſſent pas écouté, ſans la facilité de le ſatisfaire. De jeunes filles, trop dominées par le goût de la parure; ſé-* (C)

duites par l'appât du gain ; quelque-
(D) *fois entraînées par le tempérament* (D), *y vont perdre leur innocence & leur ſanté ; des parens honnêtes, mais inattentifs, deviennent ainſi les dupes de la confiance qu'ils ont en leurs enfans.*

IV.nt *Tous les deſordres règnent ordinairement dans les lieux de Proſtitution* Le mal ſerait moins grand, ſi l'on ne feſait qu'y ſuivre le panchant de la nature : mais l'on pourrait preſque regarder comme ſages, ceux qui s'en tiennent là. D'ailleurs cette route naturelle ne ſerait pas la plus ſûre ; & malgré lui, l'homme eſt contraint de ſe livrer à des goûts dépravés. Il eſt aſſuré de ne pas trouver de réſiſtance, les filles devant préfèrer toutes les manières, à celle qui les expoſe aux mêmes dangers que les hommes, & à celui qui leur eſt particulier, & qu'elles rédoutent ſi fort, à la groſſeſſe. Il n'eſt donc aucun genre de dégradation que ces malheureuſes ne ſubiſſent : on les voit ſe livrer à ce qui leur répugne le plus, ſoit par intérêt, ſoit par la crainte d'être maltraitées, ce que les plus infâmes complaiſances ne leur font pas toujours éviter (E). L'amour, ce ſentiment divin, que l'Etre ſuprême fait naître dans les cœurs, pour y répandre une douce ivreſſe, qui nous faſſe ſuporter les miſères de la vie, & nous conſole dans la triſte attente de la mort (F); l'amour, dis-je, lorſqu'il n'eſt pas joint à l'eſtime, fait de l'homme un animal féroce; c'eſt l'amour qui le rend plus furieux, plus cruel que la colère même (G)! il ſe ſatisfait en grinçant des dents, & meurtrit ce qu'il vient de careſſer! (E) (F) (G)

V.nt *Accoutumés à voir des femmes ſans pudeur, le mépris que les hommes ont pour elles, retombe ſur tout un ſexe enchanteur; à qui je reconnais enfin, mon cher, que nous ne pouvons rendre hommage, ſans que la gloire en rejailliſſe ſur nous-même.* Le dirai-je? ces grâces, qui le ſont davantage à demi-voîlées, n'excitent plus dans leur cœur ce trouble, ce treſſaillement délicieux, le premier, & peut-être le plus doux des plaiſirs. Lorſque dans la ſuite, par pudeur, une chaſte épouſe ſe dérobe à leurs emportemens, ils ſont incapables de connaître le prix d'une modeſte réſerve. Ils enſeignent à leur vertueuſe compagne, ils exigent d'elle ces careſſes effrontées, dont la débauche a fait un art (H). Inſenſés! ignoreraient-ils que l'amour & la beauté ſont de tendres fleurs, qui

(H)

ſe fanent dès qu'on les touche, qui ſe fèchent, dès qu'une main trop avide les veut preſſer!

VI.[ne] *Un grand inconvènient qui réſulte de ce que les filles publiques, ou mêmes entretenues, ſont mêlées avec d'honnêtes citoyens, c'eſt qu'on peut voir, & que l'on voit ſouvent ce qui ſe paſſe dans leurs chambres.* Si un jeune-homme, une jeune perſonne, ont malheureuſement découvert un endroit de leur maiſon, qui les mette à portée de s'inſtruire de ce qui ſe fait chez une fille publique; quel changement funeſte ne préſume-t-on pas que produira dans leurs mœurs cette dangereuſe vue! L'imagination de votre fille en ſera ſouillée; la tache qui s'imprimera ſur cette âme neuve, ne s'effacera peut-être jamais. Et votre fils? Il voudra bientôt connaître par lui-même ce qu'il n'a fait qu'entrevoir. Souvent aussi, le haut de la maison, dont les filles publiques occupent le premier étage, est habité par des gens du commun d'une conduite honnête : leurs femmes & leurs filles en rentrant chez elles, se verront exposées à des discours, à des attouchemens.... Il faudra qu'ils délogent, & que la vertu humiliée, cède la place au vice.

VII.[me] *Les filles perdues sortent, se promènent, quelques-unes se font remarquer par l'élégance de leur parure ; & plus souvent encore par l'indécence avec laquelle elles étalent des apas séducteurs : de jeunes imprudens prennent avec elles, même en public, des libertés criminelles.* Et nos enfans, souvent témoins de ces horreurs, avalent le poison : il fermente, il se dévelope avec l'âge, &

cette vue dangereuſe les conduit à leur perte, malgré les ſoins d'un père & d'une mère vigilans. La fille d'un artiſan, d'un bourgeois même, encore dans cet âge, où l'ingénuité native ne lui fait ſoupçonner de mal à rien, voit une femme bien vêtue, que de jeunes plumets ſuivent à la piſte, abordent, careſſent; cette fille innocente ſent naître dans ſon cœur un deſir de lui reſſembler, faible, il eſt vrai, mais qui ſe fortifiera, & lui frayera peut-être un jour la route du deſordre.

VIII.[nt] *Dans un Jardin public, où les ſens viennent d'être remués par tout ce que la Capitale a de plus ſéduiſant, on rencontre des objets ſemblables à ceux qu'on vient de deſirer.* Pour éviter le péril, il faut avoir une vertu à toute épreuve, ou manquer de tempérament. Quelle indécence pourtant! ſous le voîle d'une demi-obſcurité, on oſe.... des enfans répandus dans le Jardin, ont devant les yeux... Et l'on s'étonne de la corruption des mœurs dans l'âge le plus tendre!.... La ſcience du plaiſir en précède le goût & l'uſage.

IX.[me] *Souvent une fille publique laſſe de la capitale, ou craignant la vengeance de ceux à qui elle a communiqué le poiſon qui circule dans ſes veines; ou bien d'autres crimes lui feſant redouter le magiſtrat & les loix, va répandre ailleurs la contagion.* C'eſt alors, qu'affichant le libertinage & la crapuleuſe indécence, on la voit ſcandaliſer les voitures publiques où elle ſe trouve (*). Des gens ſans mœurs de tout âge,

(*) Ceci arrive particulièrement dans les Coches par eau.

s'attroupent autour d'elle; l'on entend retentir les chanſons ſales & dégoutantes, les propos révoltans de la brutalité groſſière. Malheur aux jeunes-gens ſans expérience qui ſont témoins de mille ſcènes infâmes que ces malheureuſes occaſionnent. Elles ſuffiſent quelquefois pour leur faire perdre leur innocence : malheur ſurtout aux jeunes filles toujours curieuſes, dont l'attention, en dépit d'elles-mêmes, ſe fixera ſur des tableaux juſqu'alors inconnus : le vice eſt ſi contagieux, que l'exemple qui devrait effrayer, diminue ſouvent l'horreur qu'on en avait.

D'autres fois (& dans ce cas le péril eſt preſqu'inévitable) il s'y rencontre des filles publiques qui ſe déguiſent ſous un air modeſte & réſervé. La décence la plus ſcrupuleuſe accompagne leurs diſcours & leurs manières;

un séduiſant & modeſte négligé, répare le délâbrement de leurs attraits: un honnête-homme les voit : ſon cœur lui parle pour elles; il devient officieux, complaiſant, rempli d'égards : il eſt touché de quelques marques de reconnaiſſance; il s'attendrit : un ſourire séducteur achève alors de le charmer; ſes principes l'abandonnent (eh! qui peut réſiſter aux agaceries d'une femme que l'on croit honnête!) La nuit ſurvient; on s'arrange près l'un de l'autre; l'occaſion, les ſens, quelquefois le cœur.... un homme eſt ſi tôt pris!... l'obſcurité.... il en profite pour ſavourer ſur une bouche impure un dangereux baiſer..... il s'enhardit..... la réſiſtance eſt imperceptiblement nuancée..... il ſuccombe........ & l'honnête-homme ſéduit paye de ſa ſanté, quelquefois de ſa vie, l'oubli momentané de ſes devoirs (I).

Si la Proſtituée, chemin feſant, peut cauſer tous ces ravages, quels deſordres ſuivront ſon arrivée dans une ville de province, parmi des hommes que l'inexpérience va rendre faciles à tromper; que la ſoif des plaiſirs illicites dévore; ſoif que des attraits *aſſaiſonnés* à la manière des grandes villes, vont allumer bien davantage?

Je me contente d'indiquer ces principales ſources de crimes que la Proſtitution, telle qu'elle eſt ſoufferte, occaſionne chaque jour. Le Prince eſt l'image de la Divinité; comme elle, il ſait tirer le bien du mal même: lui ſeul pourrait donner l'être à un Établiſſement, dont je me forme un plan que je crois facile à exécuter. Cet avantage précieux, de faire contribuer les abus particuliers au bien général, eſt le plus glorieux apanage des Rois.

Adieu, mon cher Des Tianges : puiſſe ton prompt retour faire que cette lettre ſoit la dernière que t'écrira Ton bon ami

D'ALZAN.

P. S. Nous recevons tes Lettres, à l'inſtant. *Dès que monſieur d'Alzan attaque, il faut bien ſe rendre!* Tu railles ton ami, Des Tianges; & tu devrais le plaindre : l'aimable Adelaïde connaît mieux les droits de l'amitié.

SIXIÈME LETTRE.

Du même.

24 mai.

ECOUTE, cher Des Tianges : j'ai ſurpris un ſecret, & je te le confie : la *divine* Urſule.... paſſe-moi le terme ; je ne ſais s'il eſt aſſez fort : eh bien, cette fille charmante eſt venue ce matin voir ton épouſe. Je ſuis arrivé un inſtant après. La vieille Jeanneton, à qui j'ai le bonheur de ne pas déplaire, & qui cherche à me faire tous les plaiſirs qui ſont en ſon pouvoir, la vieille Jeanneton, ta cuiſinière, me l'a dit à l'oreille, avant de m'annoncer. J'ai ſu commander à mon empreſſement ; j'ai paſſé dans ton cabinet, non pour y donner quelques heures à nos affaires, ſuivant mon uſage depuis ton abſence, mais dans le deſſein de réfléchir un peu ſur ce que je devais dire à la fière Beauté qui me captive. Je ne trouvais rien à mon gré : je m'abandonnais aux idées les plus triſtes. —Voila donc, me diſais-je à moi-même, ce D'Alzan, à qui rien ne réſiſtait ; que le mérite trop vanté d'une figure ſéduiſante rendait ſi vain ; ce préſomptueux qui crut longtems que toutes les femmes briguaient la conquête de ſon cœur ; le voila ; il échoue... auprès d'une enfant!.... Ces réflexions, *très-morales*, commençaient ſur un ton à me mener loin, lorſque madame Des Tianges, & ſon aimable ſœur ſont venues dans ta chambre. Je n'ai pas voulu me montrer tout-d'un-coup, & bien m'en a pris, car je feſais le ſujet de la converſation. O! mon ami, cette Adelaïde

que

que je croyais si unie, si naïve, si bonne, comme elle est fine !... Elle me plaignait l'autre jour, d'un air si vrai, si touché.... Voici ce qu'elle disait à sa sœur : —Les hommes n'estiment la conquête de notre cœur, qu'à proportion des peines qu'elle leur coûte, ma chère Ursule : quels que soient les sentimens que monsieur d'Alzan t'ait inspirés, il faut, non pas être fausse, mais user d'une sage dissimulation. Il a du mérite sans doute, & je le préfère à tout autre pour toi, ma bonne amie ; mais par cette raison même, je veux m'assurer que vous ferez mutuellement votre félicité : je veux avoir des preuves solides, que sa tendresse n'est pas un sentiment aveugle, un goût passager, qui ne serait pas à l'épreuve du mariage ; & j'ai de bonnes raisons pour penser de la ſorte. Laiſſe-toi conduire, ma toute aimable, ton bonheur m'eſt auſſi cher que le mien. Je ne trouve pas étrange que monſieur d'Alzan t'ait plu; j'aurais mauvaiſe opinion de ton cœur, s'il était inſenſible au mérite qu'accompagnent les grâces & mille talens agréables, dans un homme que nous te deſtinons, qui t'aime, qui te l'a dit : mais, il eſt des caractères, qu'une eſpèce de femmes a gâtés... il faut ſe défier de tous les amans. Le tien eſt un homme d'honneur : mais.... c'eſt un volage. Ne compte ſur lui, & n'abandonne ton cœur à la douceur d'être aimée, que lorſque je te dirai, *il en eſt tems*—. .... J'étais ſur le point de m'élancer hors du cabinet, & de venir aux genoux d'Urſule, la convaincre par la vivacité de mes tranſports, & par les ſermens les plus ſacrés, de la vérité

& de la durée de mon amour. Ah! Des Tianges! j'en jure dans le ſein de l'amitié, j'aime, j'aime pour jamais.... J'ai craint de leur déplaire, en me montrant. Ton épouſe a continué: —Tous les hommes ne ſont pas comme monſieur Des Tianges; ils n'ont pas tous ce caractère vrai, que l'on démêle au premier coup-d'œil: tous n'ont pas des mœurs auſſi pures que les ſiennes.... Non que je veuille te faire entendre.... ah! ma chère, c'eſt un bonheur ſemblable à celui que me fait goûter le plus eſtimable des hommes, que je cherche à te procurer en t'uniſſant à l'ami de mon époux: mais ne négligeons rien de ce que preſcrit la prudence humaine: je deſire autant que toi-même, & plus vivement peut-être, que ton amant ſoit digne d'un cœur tel que le tien; de ce cœur ſi tendre, ſi pur, dont le mien me répond. A te dire vrai, je penſe que monſieur d'Alzan ſera docile aux conſeils de ſon ami; qu'il ſuivra ſes exemples; je vois dans leurs humeurs, un raport qui me fait concevoir cette eſpérance flateuſe: mais il eſt bien jeune encore, les hommes n'ont de raiſon qu'à trente ans: toi, tu ſors à peine de l'enfance.... attendons, ma bonne amie; attendons un peu: ne précipitons rien; j'aurais preſqu'autant de regret de faire le malheur de monſieur d'Alzan que le tien. —Ma tendre ſœur, repondait Urſule, je ſens toute la ſageſſe de vos conſeils, & vous ne me verrez jamais m'en écarter: je vous ai fait lire juſqu'au fond de mon cœur; daignez me ſervir de mère: le ciel, depuis longtems, nous a privées de celle qui nous chériſſait; vous avez ſeule ſenti cette perte; vous mîtes toujours vos ſoins à la réparer pour moi : ô ma ſœur ! ma chère ſœur ! Urſule ne ceſſera jamais d'avoir pour vous toute la tendreſſe d'une fille ſoumiſe—. Elles ſe ſont embraſſées, mon cher Des Tianges; je les voyais; je me contenais à peine: durant quelques momens, elles ont formé un groupe.... O mon ami, l'art n'eſt rien : comment pourrait-il exécuter ce divin modèle ! J'allais, je crois, me montrer, mais elles ſont ſorties ; & je m'en félicite ; car je ſuis ravi qu'elles ne ſachent pas que je les ai entendues ; je veux leur laiſſer le plaiſir de ſuivre le plan qu'elles ſe ſont tracé : je leur promets un entier ſuccès !... Quelles femmes adorables ! Des Tianges !... Adelaïde !... divine Adelaïde, que vous êtes digne d'être la ſœur d'Urſule, & la femme de mon ami !

Je ſuis heureux, mon cher: tu ſens combien je dois l'être..... Au bout d'un moment, je me ſuis préſenté chez madame Des Tianges, après avoir recommandé le ſecret à la bonne Jeanneton. Adelaïde m'a reçu d'un air ouvert: ſur ſon viſage, & dans ſes manières, on voyait une candeur ſéduiſante, jointe à un air d'affection pour moi, qui m'a vivement touché. Ma charmante maîtreſſe, fidelle aux avis de ſa ſœur, était polie, & rien de plus. Pour moi, ce que je venais d'entendre, répandait ſur tout mon extérieur un air d'enjoûment, dont je n'étais pas toujours le maître de modérer la vivacité, malgré l'envie que j'en avais. J'affectais de tems-en-tems de fixer tantôt le portrait de madame Des Tianges, & tantôt celui d'Urſule, qui depuis quelques jours embellit l'apartement de ton époufe; & du coin de l'œil, je lorgnais l'aimable fœur : je remarquais alors avec fatisfaction, que fes beaux yeux étaient attachés fur moi : mais, levais-je les miens, on regardait autre chofe. Adelaïde a été obligée de nous quitter un moment, pour quelques affaires; dès que je me fuis vu feul, j'ai pris cette fituation foumife, qui plaît tant aux Belles, & la feule que je defiraffe depuis plus d'une heure : j'ai peint ma tendreffe aux genoux de l'incomparable Urfule. J'entrevoyais fes efforts, pour me dérober fon trouble, à fon extrême agitation; malgré la rigueur dont elle s'efforçait de les armer, fes yeux étaient tendres : elle m'ordonnait de me lever, & ne fongeait pas à retirer fa main, que je couvrais de baifers : & lorfqu'elle y a penfé, elle a pris en fe fâchant, un air fi doux, que j'ai mille fois renouvelé ma faute sur toutes les deux. Conçois-tu, mon ami, dans quel état délicieux je me trouvais? Sûr d'être aimé de la plus belle, de la plus vertueuſe de toutes les filles; ſûr que ſon cœur, d'intelligence avec le mien, partageait ma félicité, je ne voyais dans ſa modeſte réſiſtance, que les efforts de ſa vertu. Eh! voila ce plaiſir après lequel mon cœur ſoupirait ſans le connaître; Urſule eſt la première qui me le fait goûter. Je ſerai deſormais inſenſible à tous les autres. Aimer un objet eſtimable, en être aimé, voila le bonheur; on trouve le plaiſir juſques dans les rigueurs d'une maîtreſſe adorée.

Madame Des Tianges eſt rentrée, que j'étais encore aux genoux de ſa ſœur. Je n'ai point changé de poſture: j'ai renouvelé devant elle à l'aimable Ursule, les sermens que je venais de lui faire, de l'adorer toujours : j'ai pressé la belle Adelaïde de parler en ma faveur, & de répondre de ma sincérité. —Je le voudrais bien, m'a-t-elle dit, en me prenant les deux mains, pour m'obliger à la suivre dans une autre pièce ; & si j'en croyais mes pressentimens, je le ferais : mais, mon cher D'Alzan, je tremble pour ma sœur : son caractère est une douce mélancolie ; lorsque son cœur sera touché, elle aimera trop : je souhaiterais qu'elle ne connût pas sitôt encore cette passion, qui la rendra la plus à plaindre de toutes les femmes, si elle ne lui procure pas une félicité complette.... Là, mon cher D'Alzan, sondez-vous bien, avant de lui dire que vous l'aimez : à la fin, elle vous croirait ; & toute votre vie, vous auriez à vous reprocher de l'avoir trompée. Prenez encore quelque tems, assurez-vous bien de vous-même, & comptez sur mon amitié—.

On n'a pas voulu que je repliquasse, mon bon ami ; on a dit qu'on avait affaire ; nous sommes revenus auprès d'Ursule, & l'on m'a congédié, en me fesant ressouvenir que c'était le jour de t'écrire : mais on a ajouté, qu'on m'attendait ce soir de bonne heure.

J'obéis, mon cher : arme-toi de patience : je vais mettre sous tes yeux un Règlement, non comme celui de
(K) l'abbaye de *Thélème* (K) ; mais un projet sensé, qui diminuerait les dangers de la Prostitution, & qui compenserait *possible* par une utilité réelle, les abus qu'on ne pourrait éviter entièrement.

§ III.

MOYENS DE DIMINUER LES INCONVÉNIENS DE LA PROSTITUTION:

UTILITÉ QUE L'ON PEUT TIRER D'UNE MAISON PUBLIQUE BIEN ADMINISTRÉE.

ON dit qu'à Rome, les Filles publiques sont sous la protection de l'Etat *. Mais sans aller chercher des exemples chez les étrangers, il est certain que leGouvernement français ne regarda pas autrefois cet objet comme trop vil pour fixer son attention (L). Nos Monarques eux-mêmes, donnèrent aux *Ribaudes* ou *filles publiques*, des Lettres de sauve-garde : non pas à la vérité pour fa-

(L)

* *Voyez la note* (A).

vorifer ces infâmes ; mais afin que la protection des loix empêchât qu'on ne commît dans leurs maisons, une partie des horreurs raportées dans les Notes de ma dernière Lettre (*). Les Magistrats & les habitans des villes de *Narbonne*, de *Toulouse*, de *Beaucaire*, d'*Avignon*, de *Troie*, &c. mettaient au rang de leurs prérogatives, la faculté d'avoir une *rue chaude* ou *maison publique de Prostitution*, dont ils étaient les Administrateurs. Un zèle mal-entendu pour la Religion, est, à ce que je pense, la seule cause du changement qui est arrivé à cet égard parmi nous. Les dévots d'un génie borné sont enthousiastes ; ils suivent sans discrétion, les mouvemens de leur bile, & les prennent

(*) *Voyez* les notes (C), (D), (E), (G), (H), à la *seconde Partie*.

pour une inspiration divine ; ils se seront faussement imaginés, qu'en proscrivant la débauche, il n'y aurait plus de débauchés. Qu'est-il arrivé de-là ? Ils ont détruit le remède, & le mal a subsisté *.

* *Voyez la note* (A).

Il m'a toujours paru qu'en remettant les choses sur l'ancien pied, & donnant même au nouvel Établissement un degré de perfection, qui en ferait résulter de l'utilité pour l'État, on verrait disparaître une foule de desordres ; on éviterait les honteuses maladies qui ravagent depuis si longtems le genre humain, surtout en Europe ; & que le panchant le plus doux & le plus noble de la nature serait moins avili.

Amour ! Amour ! que les tems sont changés ! autrefois les humains t'élevaient des temples ; l'encens, les parfums les plus doux voîlaient tes autels par les tourbillons de leurs précieuſes vapeurs : aujourd'hui dans la fange, ignoré, mépriſé, la *Lubricité* brutale a pris ton carquois, ton arc ; & dans tes flèches, elle a briſé toutes celles qui n'inſpiraient qu'un tendre attachement. Sur ton trône, on voit la froide *Inſenſibilité*, que des inſenſés ont priſe pour la *Vertu*. Quelle main, amie de l'humanité, te retirera de la fange, ô Amour ! te rendra ton temple, tes autels, chaſſera la *fille* des *Furies*, démaſquera la fauſſe *Vertu*, & fera retentir tout l'univers de cette vérité conſolante : *Mortels, le bonheur vous attend ſur le ſein de vos belles compagnes : c'eſt l'Amour, l'Amour ſeul, qui le donne !*

PROJET DE RÉGLEMENT

Pour les FILLES PUBLIQUES, *en conſéquence de l'établiſſement de* PARTHÉNIONS (*), *ſous la protection du Gouvernement.*

ARTICLE PREMIER.

IL ſerait à propos de choiſir une ou pluſieurs maiſons, commodes & ſans trop d'apparence, dans leſquelles les Filles publiques actuelles, de tout âge, ſeront obligées de ſe rendre, ſous peine de punition corporelle. On ſévirait par une forte amende, contre ceux qui continueraient de

Maiſons.

Filles publiques actuelles.

(*) Παρθένιον, *conclave virginum* ou *puellarum.* Ce mot paraîtra ſans doute mal appliqué; mais ceux qui conviendraient d'avantage, le Πορνοβοσκεῖον des Grecs, le *Lupanar* des Latins, le *B....* des Français, auraient pu bleſſer les oreilles délicates.

les loger, ſans avoir aucun égard aux raiſons qu'ils prétendraient alléguer pour ſe diſculper. Leur délateur, quel qu'il fût, ſerait recompenſé par la moitié de l'amende, qui lui ſera remiſe auſſitôt après la conviction.

II.

Entretenues.

On diſtinguera des filles perdues, celles qui ſont entretenues par un ſeul homme : on croit néceſſaire de tolérer celles-ci, parce qu'autrement ce ſerait attenter à la liberté des citoyens : mais le moindre ſcandale de la part de ces filles, ſera rigoureuſement puni ſur les hommes ; à l'égard des femmes, on les fera conduire au *Parthénion*. Les filles entretenues ſeront obligées à plus de décence que les femmes ordinaires, puiſqu'elles ſeront enlevées à la première plainte qu'on portera contr'elles.

III.

III.

Dès que l'Établissement pourra fournir à cette dépense, on construira des maisons qui lui seront propres, disposées ainsi que le demandent les Articles x & xiv. On y placera tous les nouveaux sujets, dont la manière de vivre sera règlée comme on le verra dans la suite. *Nouvelles Maisons.*

IV.

Il y aura, pour régir tout *Parthénion*, un *Conseil*, composé de douze Citoyens remplis de probité, qui auront été honorés de l'Échevinage dans la ville de Paris; du Capitoulat, ou de la qualité de Maire dans les autres grandes villes : ils auront audessous d'eux, pour gouverner l'intérieur de la maison, des femmes, dont la jeunesse à la vérité se sera passée dans le desordre; mais en qui *Administrateurs.* *Gouvernantes.*

l'on aura reconnu de la capacité, de la douceur, & qui n'auront aucun des défauts incompatibles avec la place qu'on leur fera occuper. Ces femmes recevront chaque jour de la Supérieure, les sommes nécessaires à l'entretien des filles, & aux réparations intérieures : elles rendront un compte exact de l'emploi.

V.

Exercice.

CHAQUE Administrateur sera six ans en charge; de sorte qu'après les six premières années, on en élira tous les ans deux nouveaux; & que de même chaque année les deux plus anciens sortiront de charge. Ils rendront compte pardevant le Tribunal nommé par le Souverain, deux mois après.

Recette des deniers.

Pour éviter l'abus que les Administrateurs pourraient faire de leur autorité, chaque Gouvernante aura une liſte des ſommes qu'elle aura vu mettre au Dépôt dans la journée (*), qu'aucun Adminiſtrateur ne pourra demander à voir; & la Supérieure donnera tous les ſoirs ces feuilles au Commis du Greffe du Tribunal devant lequel les comptes doivent ſe rendre; & ſi ce Commis prévariquait en ſouffrant que quelqu'un vît les feuilles, il ſerait ſévèrement puni.

Réſerve des Adminiſtrateurs.

Aucun Adminiſtrateur ne pourra entrer dans la maiſon pendant ſa régie, ſoit comme Adminiſtrateur, ſoit comme particulier qui demande une fille, ſous peine d'être deshonoré, & honteuſement expulſé du Corps de l'Adminiſtration.

Leurs privilèges.

La taxe à laquelle ſeraient impo-

(*) *Voyez* la dernière diſpoſition de l'article XVI.

ſés les Adminiſtrateurs, pour toute eſpèce de tributs, ſera rejettée ſur leurs concitoyens, durant le tems qu'ils exerceront leur emploi.

V I.

Sujets à recevoir.

Les jeunes filles qui ſe préſenteront, lorſque l'Établiſſement ſera en pied, devront être reçues ſans informations ſur leur famille : bien loin delà, il ſera expreſſément défendu par les Adminiſtrateurs, aux Gouvernantes de s'en inſtruire, & aux filles de le confier même à leurs compagnes: mais on ſera extrêmement ſcrupuleux ſur l'examen de leur ſanté. Telle que ſoit la maladie dont elles ſeraient attaquées, ce ne ſera pas une raiſon pour les refuſer ; on les fera traiter, & guérir ; & ſi la maladie était incurable, elles ſeront miſes au rang des *Surannées*, dont le ſort eſt

Secret.

règlé par l'article XLI : on n'en recevra pas audessus de *vingt-cinq ans*.

VII.

Azile du Parthénion.

Le *Parthénion* sera un azile inviolable : les parens ne pourront en retirer leur fille malgré elle : ils ne pourront même lui parler, si elle le refuse : & dans le cas où ils s'introduiraient dans la maison, sous le prétexte de la demander comme une fille, on les fera sortir dès qu'elle les aura reconnus.

VIII.

Fautes.

Les Gouvernantes ne pourront infliger aucun châtiment : elles n'auront que le droit de faire leur raport : elles ne pourront pas même employer la réprimande trop forte : elles exhorteront seulement à mieux faire. Lorsqu'une fille aura causé quelque desordre, ou commis une faute grâve, on la fera venir dans une salle voisine de celle où s'assemblent les Administrateurs, que les Gouvernantes auront instruits auparavant, ne devant point du tout paraître avec elle, & l'accuser en face : alors le Conseil de l'Administration entrera dans la pièce où l'on aura laissé la coupable seule ; on l'entendra dans ses défenses ; & pour peu qu'elle rende le fait douteux, on la renverra comme si elle s'était entièrement justifiée, après lui avoir donné des avis & fait des remontrances. Si la fille est absolument fautive, on montrera toujours une grande disposition à la clémence ; une première & une seconde fois, l'on se contentera d'annoncer le châtiment, & l'on ne punira que les sujets absolument rebelles (*).

(*) Il ferait à craindre qu'une si grande in-

IX.

Si quelque fille ſe rendait coupable d'un grand crime, comme de détruire le fruit qu'elle porterait dans ſon ſein, elle ſera renfermée durant une année entiere dans une priſon, & miſe au pain & à l'eau. Si un homme avait conſeillé l'avortement, il ſera puni ſuivant les loix ordinaires.

Crimes.

X.

Les maiſons à conſtruire, ſeront ſituées dans des quartiers peu habités : elles auront une Cour & deux Jardins : il n'y aura ſur la Cour, d'autres croiſées que celles des Gouvernantes & des *enfans de la maiſon*, dont il ſera parlé dans l'article XXXVIII. Tout le monde indiſtinctement en-

Situation des Parthénions.

dulgence ne dégénérât en abus, ſi le *Règlement* n'y pourvoyait dans la ſuite.

trera dans la cour. Il y aura deux ſentinelles à la porte du premier Jardin, qui en interdiront l'entrée aux femmes & aux enfans : tous les hommes indifféremment & de toutes les conditions ſeront admis dans ce Jardin : il s'y trouvera différentes entrées, maſquées par des arbres, des boſquets & des treillages, afin qu'on puiſſe ſe gliſſer ſans être remarqué, aux endroits où ſe trouveront des

Bureaux. Bureaux ſemblables à ceux de nos Spectacles ; l'on y donnera le prix fixé par le Tarif, en recevant un Billet, qui deſignera le Corridor, & le côté de Corridor, dans lequel l'homme qui l'a reçu pourra choiſir ; ce qui ſera marqué par le n.° du Corridor, ſuivi des chifres 1 ou 2, comme on le verra, article XVII. Les croiſées des filles donneront ſur les Jardins, mais elles ſeront toujours garnies de ſtores, sur le premier jardin, de sortes qu'elles puissent voir sans être vues. A côté de la porte de ce Jardin, il y en aura une autre fort petite, toujours ouverte, & placée de manière qu'on y parvienne secrètement; elle sera gardée en dedans par une Gouvernante, laquelle n'en permettra l'abord qu'aux femmes. C'est par-là qu'entreront les filles qui voudront se rendre au *Parthénion* : on les recevra, à telle heure qu'elles se présenteront, soit de nuit ou de jour. Le second Jardin sera uniquement à l'usage des filles & des Gouvernantes : le public, & même les enfans nés dans la maison, & destinés à l'ouvrage, n'y pénètreront jamais.

Entrée des filles.

XI.

Il sera permis de se présenter masqué jusqu'à la porte du Bureau,

Manière de se présenter aux Bureaux.

où l'on ſera obligé de ſe démaſquer, pour ſe laiſſer voir à la Gouvernante qui délivre les Billets ſeulement. L'on pourra de même aller maſqué, juſqu'à l'entrée du Corridor que l'on aura choiſi, & l'on ſera obligé de laiſſer ſon maſque à la Gouvernante qui en ouvre la porte, ainſi que le Billet.

XII.

Choix de l'homme.

AUSSITÔT qu'un homme ſera dans le Corridor deſigné par ſon Billet, une Gouvernante le conduira dans un cabinet obſcur; elle lèvera une petite couliſſe, l'homme examinera par cette ouverture toutes les jeunes filles du premier ou du ſecond côté du Corridor, raſſemblées dans la ſalle commune qui leur eſt propre: il fera connaître à la Gouvernante celle qu'il choiſit; & cette femme après avoir conduit l'homme à la chambre de la jeune fille, ira chercher celle-ci.

XIII.

Choix de la fille.

LORSQU'UNE fille ſera choiſie, & que la Gouvernante l'aura conduite à la chambre qu'elle a coutume d'occuper, la fille, avant d'entrer, jouira du même privilége que l'homme qui l'a demandée; c'eſt-à-dire, qu'elle l'examinera, en ouvrant un petit guichet, qui ſera à la porte de chaque chambre; & ſi elle refuſe d'entrer, il ſera obligé de faire un autre choix, ſans que la fille ſoit tenue de dire la cauſe de ſa répugnance: mais elle ne rentrera pas ſur le champ dans la ſalle commune, afin de dérober à ſes compagnes, la connaiſſance de ſon refus.

Comment parer aux refus.

Un homme que la vieilleſſe ou ſa laideur feraient toujours refuſer, donnera à la Gouvernante un nombre, à son choix, dans celui des filles de la salle; par exemple, s'il y a *cent filles*, il donnera un nombre quelconque, depuis *un* jusqu'à *cent* : la Gouvernante ira ensuite dans la salle; elle demandera à chaque fille le nombre qu'elle choisit; & celle qui rencontrera le nombre que l'homme a donné par écrit, & que la Gouvernante fera voir aussitôt, ira le trouver.

XIV.

Corps-de-garde.

A CÔTÉ du Bureau, sera le Corps-de-garde, mais qui n'aura pas vue sur ceux qui prendront des Billets. Son emploi, sera de maintenir le bon ordre dans les dehors de la maison; de fournir de sentinelles les différens postes, & de donner main-forte aux Gouvernantes dans le besoin. Pour cet effet, il y aura dans ce Corps-de-garde une ſonnette, dont les cordons répondront à tous les Bureaux; afin qu'au moindre bruit, qui ſurviendrait, la Gouvernante puiſſe avertir les Gardes : on fera châtier ſévèrement, & conformément aux anciennes Ordonnances, tous ceux qui voudraient troubler la tranquillité qui doit règner dans la maiſon, ſans aucun égard pour le rang ou la dignité, qui ſeront regardés comme nuls dans ces endroits.

XV.

Entrer ſans armes. (L)

ON remettra à la Gouvernante ſa canne, ſon épée (L), ou ſon maſque ; les Bureaux ſeront fournis d'une quantité ſuffiſante de petites armoires, dont toutes les caſes auront un chifre, & l'on donnera aux hommes ce même chifre ſur un morceau d'ivoire, pour reprendre en ſortant ce qu'ils auront laiſſé.

XVI.

Billets. Il y aura différens Billets, ſuivant le degré de jeuneſſe & de beauté. Les filles ſeront logées dans des Corridors, ſelon l'ordre ſuivant :

Le premier Corridor, diviſé, ainſi que tous les autres, en deux claſſes, ſera occupé par les plus âgées : cet âge n'excèdera pas *trente-ſix ans* : celles de *vingt-cinq* à *trente* occuperont le ſecond ; au troiſième ſeront les filles de *vingt* à *vingt-cinq* : on trouvera dans le quatrième, les filles de *dix-huit* à *vingt* : au cinquième, celles de *ſeize* à *dix-huit* : le petit nombre de filles qui pourraient ſe trouver de *quatorze* à *ſeize ans*, auxquelles un tempérament formé de bonne heure permettrait de recevoir des hommes, occupera le ſixième Corridor. Les jeunes filles, audeſſous de cette âge, venues d'elles-memes, ou livrées par leurs parens, & qui n'auront pas été déflorées, feront élevées avec foin aux dépens de la maifon, par des femmes honnêtes, & ne feront mifes au rang des fujets du *Parthénion*, à l'âge requis, que de leur choix. Si elles demandent au contraire un métier, on le leur enfeignera, & enfuite on les établira comme les enfans de la maifon, conformément à ce que prefcrira l'Article XXXVIII.

XVII.

LES filles diftinguées par une plus grande beauté, occuperont la droite du Corridor, marquée du chifre 1: la gauche fera defignée par le chifre 2. *Tarif.*

Le Tarif des Billets fera au guichet de chaque Bureau : on y lira les différens prix,

SAVOIR;

Les Filles choisies entre les *Surannées*; dont il sera parlé dans l'article XXXIII, qui seront de *quarante* à *quarante-cinq ans*, six sous, ci............ 0 liv. 6 s.

Celles de *trente-six* à *quarante*, douze sous, ci... 0 12

Le premier Corridor :

N.° 2.	dix-huit sous, ci...	0	18
N.° 1.	une liv. quatre s. ci	1	4

Le second Corridor :

N.° 2.	une liv. seize sous, ci	1	16
N.° 1.	deux liv. huit sous, ci	2	8

Le troisième :

N.° 2.	trois livres, ci....	3	
N.° 1.	trois livres douze, ci	3	12

Le quatrième :

N.° 2.	quatre livres seize, ci	4	16
N.° 1.	six livres, ci.......	6	

Le cinquième :

N.° 2.	douze livres, ci...	12	
N.° 1.	vingt-quatre liv. ci	24	

Le sixième :

quatre-vingts-seize livres, ci 96 livres.

Ce

Coffret pour la Recette.

Ce ſera-là le revenu de la maiſon. Les Gouvernantes tiendront tour-à-tour les Bureaux ; chaque particulier, en recevant ſon Billet, montrera l'argent qu'il donne : la boîte où il le placera, ſera conſtruite & grillée de manière, qu'on ne puiſſe le reprendre ; la Gouvernante ſeule pourra, au moyen d'une baguette attachée à la boîte, & dont un des bouts paſſera dans la loge, le faire gliſſer par l'ouverture d'un cofre, dont les Adminiſtrateurs auront la clef ; & les Gouvernantes écriront ſur le champ la miſe ſur une feuille, qui leur ſera envoyée tous les matins par le Commis du Greffe dont il eſt parlé dans l'Article v, & qu'elles renverront le ſoir.

XVIII.

Amans en titre.

Si un particulier, après avoir vu une fille, témoigne l'aimer, & qu'il conſente de payer chaque jour le prix du Billet, cette fille ſera diſpenſée de ſe trouver dans la ſalle commune, & perſonne ne pourra la demander. Dans le cas où la fille ſerait du ſixième Corridor, l'amant en titre, au lieu de la taxe, ne donnera par jour que *douze livres ; ſix livres* pour celle qui ſerait du cinquième, juſqu'à ce que ſon âge aporte une diminution. Tous les autres Corridors, ſuivront la règle générale.

Logement des Entretenues.

Les Filles *entretenues* ſeront logées dans un corps-de-logis ſéparé ; leurs chambres ſeront diſpoſées de manière, que la communication de l'une à l'autre, & avec le reſte de la maiſon, ne ſe faſſe que de l'aveu des Gouvernantes introductrices prépoſées, qui ſeules auront les clefs. Les Entretenues pourront ſe voir entr'elles ; ces filles auront même la liberté de paſſer avec le reſte de leurs compagnes non-entretenues tout le tems où celles-ci ne ſeront pas à la ſalle commune.

Entrée des Amans titre.

Il y aura une Entrée différente pour les amans en titre, leſquels ſeront toujours introduits par deux Gouvernantes.

Choix d'une Maitreſſe.

Chaque homme qui choiſira une maitreſſe, après s'être aſſuré du conſentement de la fille, ſera conduit avec elle chez la Grande-Gouververnante : on écrira devant lui ſur un Livret, l'âge de la fille & ſon nom *parthénien* ſeulement, avec le N.° de l'apartement qu'elle doit occuper : l'amant en titre recevra, ſur un morceau d'ivoire, ce même nom, avec le N.° : le Livret, ſigné de l'homme & de la Supérieure, ſera remis aux

Gouvernantes introductrices, & déposé par elles dans une armoire, sous son N.° : ce Livret ne pourra être vu, même des Administrateurs, qu'à la requisition de l'amant en titre.

Défaut de paiement. Un homme qui manquera de payer & de se montrer durant huit jours, perdra sa maitresse.

Absence. En cas d'absence, on avertira la Supérieure, & l'on déposera entre ses mains, soit en argent, soit en assurances, la somme convenable.

XIX.

Mariages probibés, Un fils-de-famille, épris d'une passion violente pour une fille dont il aurait été le premier & le seul favorisé, ne pourra l'obtenir pour femme, tant qu'il sera sous l'autorité de ses parens, ou d'un tuteur : il ne pourra même faire les sommations respectueuses que la Loi permet après la grande majorité de trente ans : mais *ou permis* un homme maître de lui sera écouté, si l'on voit que ce mariage ne lui porte pas trop de préjudice ; ce que le Conseil de l'Administration examinera scrupuleusement. On sera fort attentif sur les mœurs & la capacité des gens de basse-extraction que les *Sujets* (*) de la maison consentiraient d'épouser.

(*) Il y a une grande différence entre les *sujets* & les *enfans* de la maison : les premiers ont une tache inéfaçable ; les seconds peuvent avoir toutes les qualités & toutes les vertus : on sait trop que la naissance la plus infâme ne les exclut pas plus que la plus illustre ne les donne. Ces difficultés ne seront conséquemment point pour les filles nées dans le *Parthénion*, & destinées au mariage, de la manière règlée dans l'article XXXVIII.

XX.

Grossesse des filles non entretenues.

Les filles, à la première aparence de grossesse, occuperont une portion de la maison destinée pour celles qui se trouveront en cet état: elles y seront traitées avec des soins particuliers. Après l'accouchement de celles qui n'auront point d'amant en titre, les enfans seront mis en nourrice : mais leurs mères prendront toutes les précautions qu'elles jugeront les plus efficaces pour les reconnaître à leur retour dans la maison ; & on leur accordera la satisfaction de les voir une fois la semaine.

XXI.

Filles enceintes entretenues.

Lorsqu'une fille entretenue sera dans le cas de l'Article précédent, si le père de l'enfant qu'elle porte, veut prendre soin, à ses frais, de sa maîtresse, il lui sera permis de le faire : il choiſira pour lors telle perſonne qu'il voudra pour l'accouchement, ou prendra celles qui ſont au ſervice de la maiſon : il pourra faire emporter l'enfant, ou le faire nourrir par la mère ; le faire élever ſecrettement, ou ſous le nom de ſon fils ou de ſa fille ; & dans aucun cas, il ne ſera obligé d'inſtruire qui que ce ſoit de ſon ſort. Il lui ſera libre de l'inſtituer héritier de ſa fortune, dans le cas où cet homme mourrait ſans enfans légitimes ou ſerait d'un état à ne pouvoir contracter mariage : il pourrait auſſi le laiſſer aux ſoins de la maiſon, pour y être élevé, & lui imprimer une marque en lieu qui ne ſoit point aparent, & qui ne puiſſe incommoder l'enfant : on fera mention de cette marque, ou de toute autre précaution priſe par le père, ſur le *batiſtaire*, & la maiſon s'obligera de rendre cet enfant à son père à la première requisition, sans aucuns frais.

XXII.

Salles communes.

TOUTES les filles d'un Corridor seront rassemblées dans deux salles, marquées sur la porte des n.os 1 ou 2, *huit* heures par jour : savoir, depuis *onze heures* du matin jusqu'à *une heure* après midi ; depuis *quatre heures* jusqu'à *sept* ; depuis *huit heures & demie*, jusqu'à *onze & demie*, qui sera l'heure du souper. Elles y seront assises, tranquilles, occupées de la lecture, ou du travail, à leur choix : chaque place sera marquée par une fleur différente, qui donnera son nom à la fille qui l'occupera : ainsi, celles dont les places seront designées par une *rose*, une *amaranthe*, du *muguet*, des *narcisses*, &c. se nommeront *Rose*, *Amaranthe*, *Mu-*

Noms des filles.

guette, *Narcisse*. Chaque fille aura toujours la même place. Dans les intervalles de ces heures, & des autres exercices, & tout le tems qui précédera *neuf heures* du matin, elles pourront aller prendre l'air dans le second jardin. On excepte de cette règle, comme de toutes les autres *qui ne sont que de discipline*, celles qui auraient un amant en titre, auquel elles pourront donner tout leur tems, aux conditions des Articles XVIII & XXIV.

XXIII.

Exercices & repas.

Il y aura des heures règlées pour la toilette & pour les repas : on se levera à *neuf heures* au plus tard : le déjeûner suivra immédiatement : on pourra s'occuper de la parure jusqu'à *onze*; ou si la toilette est plus tôt achevée, disposer de ce reste de tems à ſa fantaiſie; comme à ſe viſiter les unes les autres, à ſe promener &c. On dînera à *une heure :* depuis *deux heures*, juſqu'à *quatre*, la muſique & la danſe; à *ſept heures*, une collation; une leçon d'inſtrumens juſqu'à *huit heures & demie*. Toutes les filles ſeront au lit à *une heure* après minuit, ſans que rien puiſſe diſpenſer de cette règle. Les autres heures de la journée s'emploieront comme le preſcrit le précédent Article.

Nuits. Les nuits ſeront miſes au double de la taxe, dans les cinq premiers Corridors: il n'y en aura point dans le ſixième, ſi ce n'eſt pour les amans en titre.

Encouragemens. On n'infligera aucune peine à celles qui ſe ſeront tenues dans leurs chambres à l'heure des leçons, & elles ne ſeront pas même repriſes, ſi leurs abſences ſont rares. Dans le cas contraire, les Gouvernantes leur remontreront avec douceur le tort qu'elles ſe font : ſi cela était inutile, elles avertiraient le Conſeil d'Adminiſtration. Les punitions que pourront alors faire ſubir les Adminiſtrateurs, ſeront remiſes à leur prudence, & conformes à l'eſprit de douceur recommandé par l'Article VIII : mais on ſent bien que dans un Établiſſement d'où les châtimens ſont preſque bannis, il faut les remplacer par un autre reſſort : ce ſeront les diſtinctions, & des recompenſes flateuſes, qui ne coûteront rien à la maiſon, pour celles qui feront des progrès plus marqués dans les arts qu'on leur enſeignera ; c'eſt à quoi tendra efficacement la diſpoſition de l'Article XL. Le plus ſûr moyen d'empêcher que les filles ne ſoient réfractaires à celles du préſent Article, ce ſera de leur faire un amuſement de tous leurs Exercices, plus tôt qu'une occupation ſérieuſe, & l'on réuſſira d'autant mieux, qu'il eſt peu de femmes inſenſibles au plaiſir de ſe donner une grâce de plus, ou de développer d'avantage celles qu'elles ont déja.

XXIV.

Priviléges des Amans en titre.

Un amant qui voudra donner un maître particulier à celle qu'il aime, ou qui lui-même pourrait enſeigner à ſa maîtreſſe la muſique, la danſe, &c. l'exemptera pour toujours de paraître aux leçons de la maiſon. Il pourra de même la diſpenſer d'aller au Réfectoire commun de chaque Corridor, en fourniſſant à la dépenſe de ſa table; & dans ce cas, manger avec elle, & y paſſer tout le tems qu'il jugera à propos; comme auſſi, de la faire reſter dans ſa chambre durant ſa groſſeſſe, ſans autres conditions que ce qui eſt preſcrit par l'Article XVIII & par celui-ci.

XXV.

Emploi du temps à la ſalle commune.

Aux heures que les filles paſſeront dans la ſalle commune, on leur donnera des livres inſtructifs & amuſans; on fournira à celles qui voudront s'occuper à l'ouvrage, tout ce qui leur ſera néceſſaire; mais il n'y aura ni dés, ni cartes, ni aucune autre eſpèce de jeu dans la ſalle commune.

XXVI.

Combien une fille peut être demandée.

La même fille ne pourra jamais être choiſie par différens hommes en un même jour; mais ſi le même homme la redemandait, on permettra à la fille de l'aller trouver. On n'admettra avant *neuf heures* du matin, que les hommes déja connus des filles, & qui les designeront par leur nom.

XXVII.

Combien une Surannée.

On exceptera du précédent article, les filles des trois premières Classes, qui n'étant presque plus dans le cas d'avoir d'enfans, paraîtront chaque jour autant de fois qu'elles le jugeront à propos; l'âge, l'expérience, & le feu des passions qui est amorti chez elles, fesant présumer qu'elles n'en abuseront point.

XXVIII.

Insidélités.

* entretenue.

Si une fille, aimée * d'un homme, feignait de répondre à sa tendresse, pour l'engager à l'épouser, ou seulement lui persuader qu'il l'a rendue mère, & qu'elle le trompât, en en recevant un autre; comme elle ne pourrait le faire qu'au su de deux Gouvernantes au moins, celles qui l'auraient favoriſées ſeront punies griévement*, & la fille, ſéparée de la compagnie des autres, condamnée à un travail rude & continuel pour le reſte de ſes jours : celui qu'elle aura voulu tromper, pourra ſeul la retirer de ce triſte état.

* de mort.

XXIX.

Table, & autres arrangemens.

LA table ſera ſervie ſans profuſion, mais avec une ſorte de délicateſſe : les habits ſeront de bon goût (M), & chaque fille ſe mettra de la manière qui lui plaira & qui lui ſiéra davantage. Un amant qui voudra donner à ſa maîtreſſe des habits de ſon choix & à ſes dépens, le pourra faire, & les autres préſens qu'il jugera à propos ; leſquels apartiendront en propre à la fille, ſans que le *Parthénion* puiſſe prétendre autre choſe que le prix ordinaire, qui ſera toujours donné d'avance : mais en cas de mort de la fille, sans enfant, la maison s'emparerait de tout ce qui lui aurait apartenu.

Soins. Les Gouvernantes auront pour les filles des égards, des attentions, des complaisances, & ne les laisseront presque jamais apercevoir de l'autorité qu'elles ont sur elles. *Lits & Linge.* Les lits, le linge, & tout ce qui sera à leur usage sera bien choisi, propre, bien fait & commode. Les Gouvernantes distribueront & reprendront le linge tous les deux jours. On aura soin que chaque fille, aidée d'une des *Visiteuses*, dont il sera parlé dans l'Article XXXIV, fasse son lit dès qu'elle sera levée.

Ce que renferme cet Article, sera observé pour toutes les classes des filles indifféremment & sans exception.

XXX.

XXX.

Dépense des Habits.

Il n'y aura point d'uniformité dans les habits ; chacune des filles sera mise comme le prescrit le précédent Article : mais, pour éviter les dépenses trop considérables, on fixera la somme que chaque fille emploiera à son habillement : elle sera libre d'en disposer à sa volonté, soit qu'elle veuille s'en faire faire un seul habit qui soit plus magnifique, ou plusieurs, qui seront moindres. Cependant les Gouvernantes, afin que les filles soient toujours de la plus grande propreté, veilleront à ce qu'elles aient un nombre de deshabillés suffisant. A mesure que les filles quitteront leurs habits, ils seront employés à vêtir celles des enfans nés dans la maison qui sont destinées soit au mariage, soit à la condition de leurs mères, soit à devenir ouvrières, &.

ces habits ſeront refaits à leur uſage ; obſervant de donner les plus magnifiques à celles des deux premières claſſes.

XXXI.

Bains. Il y aura des bains tièdes & froids dans la maiſon, & chaque fille les prendra de deux jours l'un durant toute l'année : ſavoir, en *été*, les tièdes & les froids ; en *hiver*, les tièdes ſeulement : les ouvrières mêmes y ſeront ſujettes une fois par ſemaine en *hiver*, & plus ſouvent durant l'*été* (*).

(*) Il ſerait à ſouhaiter que cet uſage pût ſe pratiquer dans les hôpitaux, ſur-tout dans ceux qui ſont faits pour les enfans, comme la *Pitié*, la *Correction* de *Bicêtre*, les *Enfans Bleus*, *Rouges*, &c. le bain, dans ces maiſons, préviendrait les maladies de la peau qui y ſont ſi communes, & qui, ſi elles ne

XXXII.

Il sera défendu à toutes les filles d'avoir jamais aucunes odeurs; de mettre du blanc ou du rouge; de se servir de pommades pour adoucir la peau, étant reconnu que tout cela ne donne qu'un éclat factice, & détruit la beauté naturelle. On excepte toujours de cette règle, celles qui Ferd.

---

font pas périr les enfans, les tourmentent, retardent ou empêchent leur accroissement, apauvrissent leur tempérament, &c. Quant au *Parthénion*, les bains tièdes sont absolument nécessaires à des filles qui prendront peu d'exercice; il leur en tiendra lieu, en favorisant en elles une transpiration convenable: il maintiendra dans une grande propreté les *filles* & les *ouvrières*; son usage fréquent diminuera l'odeur desagréable qui se fait sentir dans tous les endroits où plusieurs personnes sont obligées d'être continuellement ensemble.

auront un amant, dont elles doivent avoir la liberté de ſuivre le goût : mais elles ne ſeront pas diſpenſées de la loi du bain : & la Gouvernante s'aſſurera qu'au moins elles le prennent chez elles.

XXXIII.

Surannées. Les ſommes que chaque jour les filles procureront au *Parthénion*, les dépenſes journalières & néceſſaires prélevées, ſeront miſes en réſerve, pour former le fond des dots des filles nées dans la maiſon ou qu'on y aura reçues trop jeunes, & pour l'entretien des *Surannées*, des édifices, &c. On choiſira parmi les Sujets parvenus à l'âge de *trente-ſix ans* & audelà, un certain nombre de filles, qui auront encore quelque beauté, pour en former les deux premières claſſes, qui ne ſeront qu'à *ſix* & à *douze sous ;* afin que tous les ordres de l'État trouvent au *Parthénion* des filles à un taux proportionné à leurs moyens, & ne s'adressent jamais à ces malheureuses, qui n'ayant point de retraite fixe *, peuvent braver les Loix, & violer impunément les règles d'une police exacte : mais pour que les filles *Surannées* se portent avec moins de répugnance à recevoir ceux qui sont assis au dernier degré, on observera trois choses : la première, de faire prendre le bain tiède en entrant, à ces hommes, dans un endroit où ils seront commodément ; la seconde, qu'ils ne restent avec la fille qu'une demi-heure ; la troisième, que ceux qui se présenteront pris de vin, soient gardés dans la maison jusqu'à ce que leur ivresse soit dissipée : alors on leur accordera ce qu'ils demanderont, soit une fille,

* XII Classe de la note (A).

ſoit leur ſortie ; & dans ce dernier cas même, on ne rendra point le prix du Billet.

XXXIV.

MALADIES VÉNÉRIENNES.

Viſiteuſes. On aura la plus grande attention à préſerver les filles de l'horrible maladie qui rend cet Établiſſement ſi deſirable : on choiſira parmi les filles dans qui l'âge & le goût des plaiſirs diſparaiſſent, celles qui auront toujours le mieux rempli leurs devoirs, & qui ſeront les plus intelligentes, pour viſiter les hommes qui ſe préſenteront. Elles ne leur permettront l'entrée du Corridor que deſignera leur Billet, qu'après qu'elles ſe ſeront aſſurées qu'ils jouiſſent d'une ſanté parfaite. Elles viſiteront de même chaque jour les filles, à leur lever; ce ſera là comme le noviciat des Gouvernantes : celles qui ſe ſeront acquittées de cet emploi à la ſatisfaction du Collége des Gouvernantes, ſeront élues par elles, à meſure qu'il ſe trouvera des places qui vaqueront.

XXXV.

Grande Gouvernante, ou Supérieure.

CHAQUE année l'Adminiſtration nommera une Grande-Gouvernante, & ce ſera toujours celle des Gouvernantes qui ſe ſera diſtinguée par plus d'attention & de prudence. Elle n'aura d'autre fonction que de veiller à ce que chacune des Gouvernantes ſoit exacte à ſon poſte : elle recevra l'argent pour la dépenſe ; ſera préſente à l'ouverture des Coffrets de Recette, à la remiſe des Feuilles par chaque Gouvernante Receveuſe : mais le plus important de ſes devoirs ſera d'avoir continuellement l'œil ſur la manière dont les *Viſiteuſes* s'acquitteront de leur emploi, & au ſoin que l'on prendra des filles qui seront grosses, ou dans le cas de l'Art. XXXVII.

XXXVI.

Amende.

LES hommes qui seront atteints du mal dont il est parlé dans l'Article XXXIV, & qui auront eu l'imprudence de se présenter, seront obligés de payer une amende; & dans le cas où le coupable manquerait d'argent, on l'obligera à en donner l'équivalent en bijoux ou effets, qu'il viendra reprendre en aportant la somme: si le mal était pourtant encore assez peu déclaré, pour qu'on eût lieu de présumer que le malade est dans la bonne foi, l'amende sera légère, comme, par exemple, du double de la taxe du Billet.

XXXVII.

Traitement des Filles.

SI, malgré toutes ces précautions, une fille se trouvait incommodée, on la ſéqueſtrera dès les premières indices, & elle ne ſortira de l'Infirmerie qu'après une guériſon entière & parfaite : les filles étant viſitées chaque jour exactement, par celles qui feront le noviciat du Gouvernement, rien ne ſera plus aiſé que de connaître leur état ; on les examinera de même lorſqu'elles ſortiront du bain. A la plus légère indiſpoſition qu'elles éprouveront, on ſera attentif à en démêler le genre : mais l'on n'adminiſtrera aucun remède, que de l'avis du Chirurgien habile que l'on aura attaché à la maiſon. Ce Praticien expérimenté ne s'acquittera pas de ſon devoir à la hâte, comme ceux des Hôpitaux ; ſes peines ſeront recompenſées par des honoraires convenables, & par des diſtinctions dignes d'un homme utile à l'État. L'entrée de toute autre partie de la maison que l'Infirmerie, hors les cas d'une nécessité urgente & imprévue, lui sera interdite de la même manière qu'aux Administrateurs.

XXXVIII.

SORT DES ENFANS NÉS DANS LA MAISON.

GARSONS.

POUR que l'État tire de l'Établissement des *Parthénions*, l'utilité annoncée, on observera 1.nt d'empêcher les filles autant qu'il sera possible, de prendre des précautions contre la grossesse : 2.nt On favorisera la population de la maison de toutes manières, surtout en maintenant l'honnêteté, &, j'ose le dire, la pudeur même, au soin de l'incontinence & de l'impudicité : 3.nt L'on prendra un soin infini des enfans, depuis le moment de leur naissance, jusqu'à l'âge, où l'on en déchargera la maiſon : 4.[nt] Tous ceux qui ne ſeront pas reconnus par leurs pères, ſeront réputés enfans de l'État, & comme tels, deſtinés à le ſervir; c'eſt-à-dire, ceux qui ſeront d'une conſtitution propre à le faire : 5.[nt] On fera un premier choix à *huit ans*, de tous les garſons : on deſtinera ceux qui ſeront bien faits, à former un Corps de troupes qu'on exercera dès l'enfance, & qui, joints aux *Enfans-trouvés* répandus dans tous les Hôpitaux du Royaume, pourraient remplacer les Milices des payſans : 6.[nt] On aprendra à ces jeunes Soldats, à lire, à écrire, l'Arithmétique, la Géométrie, les Fortifications, & le ſervice de l'Artillerie : il y aura, à la tête de leur éducation, des Maîtres, pris dans les Académies Royales ; ces Corps reſpectables ont toujours des Membres, zèlés pour le bien public, qui ſe conſacreront volontiers à ce travail, ſans autre motif que l'honneur dont ils ſe couvriront. 7.nt Les *Parthéniens* ſerviront *ſix ans*, (depuis *ſeize* juſqu'à *vingt-deux*) dans le Corps des *Milices* : à *ving-deux ans*, on fera un ſecond choix de tous les ſujets méritans, qui formeront un Régiment des Grenadiers royaux, lequel, par la ſuite, ne ſerait composé que de *Parthéniens* : ils y reſteront juſqu'à *vingt-huit ans* : on fera pour lors une troiſième promotion de ceux qui ſe ſeront diſtingués par leurs mœurs, leur intelligence & leur bravoure, & l'on en formerait un Corps, nommé la *Compagnie de mérite* (*) :

(*) Il eſt dans la nature, que l'homme qui ne tient à rien, comme le bâtard, ſoit plus propre qu'un autre à ſervir l'État; qu'il ſoit ſur-tout plus dévoué à ſon maître : car

après avoir encore éprouvé leur capacité, par ſix nouvelles années de ſervice, les ſujets qu'on tirera de cette Compagnie, ſeroient diſtribués dans tous les Régimens, pour y donner des leçons de l'Art Militaire aux Soldats: les plus beaux hommes d'entr'eux pourraient avoir une deſtination beaucoup plus noble encore, & remplacer auprès de la Perſonne Sacrée du Monarque, les Gardes Étrangères; ceux qui ſeraient parvenus juſques-là, auraient la faculté de ſe marier, après en avoir obtenu la permiſſion de leur Commandant: 8.[nt]

---

il réunira pour lui ce que les autres hommes partagent entre leurs pères, leur famille & l'État. Il n'y aura donc aucun poſte dont ces braves gens ne ſoient dignes; aucune entrepriſe qu'on ne puiſſe leur confier; leur fidélité ſera inébranlable, & leur courage au-deſſus de tout.

Comme ce ne ſerait que le très-petit-nombre, qui obtiendrait ce poſte honorable, la qualité de *Maître en l'Art militaire*, & même l'entrée dans la *Compagnie de mérite*, les autres *Grenadiers Royaux*, devenus vétérans, ſeront recompenſés ſuivant leur capacité; en quittant le Régiment, ils pourraient ſe marier, & on leur diſtribuerait pour vivre & élever leur famille, les différens poſtes du Royaume qui ne doivent s'exercer que par d'anciens Soldats; on en composerait les Gardes pour la ſureté de la ville de *Paris*, les Maréchauſſées, &c. Ceux que leur peu d'intelligence, ou quelque faute, aurait retenus dans le Corps des *Milices*, y reſteront tant qu'ils ſeront en état de ſervir; ou, s'ils le demandent, ils pourraient être incorporés dans différens Corps, & dans les Régimens des provinces.

Quant aux garſons qui ſeront valétudinaires, malfaits, ou de trop petite ſtature, on leur donnera des métiers proportionnés à leurs forces; doux & faciles à ceux de la première & de la ſeconde eſpèce; ils deviendront les Tailleurs, les Cordonniers, les Tiſſerans en ſoies & en toiles pour l'uſage du *Parthénion*, qui vendra à ſon profit ce qu'ils fourniront au-delà; les plus robuſtes seront mis aux ouvrages de force, comme le jardinage & autres travaux néceſſaires dans l'intérieur: mais on laiſſerait prendre l'eſſor à ceux qui auraient du génie; l'on favoriſerait leurs diſpoſitions, & leur progrès règleraient leur ſort.

On ferait pareillement un choix des filles, à l'âge de dix ans: 1.[nt] On mettrait à part toutes celles qui se- *FILLES.*

raient mal conſtituées, ou laides; on leur enſeignerait des métiers; leurs ouvrages feraient pour la maiſon, qui les entretiendrait de tout ce qui leur ferait néceſſaire. Celles qui n'auraient d'autres défauts que la laideur, mais qui feraient d'un tempérament ſain, deviendraient les ouvrières en robes & en modes qu'emploieraient les filles: elles aprendraient à coîfer, & tout ce qui eſt néceſſaire à la parure : on aurait ſoin qu'elles fuſſent inſtruites par les Maîtreſſes les plus habiles; & que la manière la plus ſéyante, le meilleur goût & la nouveauté ſe réunîſſent dans leurs ouvrages. Aucuns étrangers, tant hommes que femmes, ne feront employés au ſervice du *Parthénion*, dès qu'une fois il aura des enfans en état.

2.nt Les jeunes filles nées dans la maiſon, qui auront de la figure, ſeront

ront d'abord inſtruites avec ſoin : on leur enſeignera différens arts, tels que le *deſſin*, la *peinture*, la *danſe*, la *muſique*, les *modes*, & ſurtout le *grand art de la parure :* on attendra qu'elles ſe décident d'elles-mêmes ſur le choix d'un état : on ne les excitera point à prendre celui de leurs mères, au contraire, l'éducation honnête qu'on leur procurera, ſera propre à leur en inſpirer de l'éloignement. Lorſqu'elles ſeront déterminées à vivre dans le monde, on leur donnera les métiers qu'elles indiqueront : on les deſtinera au mariage, avec une dot de *mille écus ;* obſervant de ne les accorder qu'à des gens rangés, qui aient un établiſſement, & un bien égal à la dot de la fille, ou un talent ſupérieur pour leur profeſſion. Les *garſons*, enfans de la maiſon, qui pourront ſe marier, ſeront préférés à tous autres, à moins que la jeune fille n'eût fait un choix avant qu'ils se présentassent, ou que le concurrent ne fît à sa maîtresse un avantage trop considérable pour ne pas être préféré *.

Vêtemens. Un habit particulier ne distinguera point les enfans de la maison, ou ceux qui pourraient, en quelque manière que ce soit, être employés à son service.

(*) On pourrait encore choisir dans les *Parthéniens* des deux sexes, les sujets qui seraient de la figure la plus agréable, & qui montreraient d'heureuses dispositions, pour les destiner au *Théâtre* : l'Administration prendrait, pour conserver la pureté de leurs mœurs, les précautions que l'on verra dans un Projet qu'une *jeune personne* se propose de donner dans peu, & qui sera comme la suite de celui-ci.

XXXIX.

Autorité du Conseil sur les Enfans de la Maison.

Le Conseil d'Administration aurait autorité sur tous les sujets sortis de la maison, à l'exception des Soldats, pendant qu'ils seraient au service. Il veillerait à ce que les maris ne dissipassent point, & il serait notifié à tous les Créanciers que la dot des *Parthéniennes* est inaliénable. Si l'épouse manquait à son devoir, le Conseil aviserait à y mettre ordre, par tous les moyens qu'il jugerait convenables, même en traduisant le séducteur devant les Tribunaux, qui le feraient punir corporellement suivant l'exigeance des cas, la gravité & les circonstances du délit. Le mari, d'une conduite tout-à-fait desordonnée, sera interdit; l'Administration veillera sur les affaires de la fille du *Parthénion*, si elle n'est pas en état de les gouverner elle-même : l'époux ſerait puni ſévèrement, s'il avait uſé de mauvais traitemens, qu'il eût mépriſé ſa compagne, ou qu'il l'eût obligée à ſouffrir des indignités de la part d'une rivale, &c.

XL.

Choix des Gouvernantes.

Les places de Gouvernante, ſeront propoſées comme la recompenſe d'une conduite raiſonnable ; & ce ſera là l'expectative de celles qui n'ayant jamais encouru de châtimens ou de punitions quelconques, ſe trouveront avoir les lumières & les talens néceſſaires. On préférera, pour cet emploi, toutes choſes d'ailleurs égales, les *filles entretenues*. Elles auront le droit de ſortir, les jours où les emplois intérieurs le leur permettront, pour les affaires de la maiſon, ou pour telle autre cauſe, en avertiſſant la Supérieûre : outre la considération dont jouiront les Gouvernantes, il y aura un prix flatteur attaché à cette place, c'est qu'elles pourront marier à leur goût, leurs enfans non reconnus par le père, leur donner un nom de famille : & lorsqu'elles n'auront point d'enfans, il leur sera libre d'adopter celui & celle de ceux de la maison qui leur plairont, de les unir, de tester en leur faveur, en leur donnant de même un nom de famille, & tout leur pécule. Ces mêmes droits, pour les enfans des filles, seront réservés à l'Administration.

XLI.

Sort des Surannées.

Les Surannées qui ne pourront être employées à ce qui est prescrit par l'Article XXXIII, & par le précédent, jouiront le reste de leurs jours d'une vie tranquille, dans une portion de la maison destinée pour elles :

on les engagera à s'occuper, en recompensant celles qui le feront; mais on ne les y contraindra pas.

Maîtresses des Exercices.

Si quelques-unes d'entr'elles avaient assez bien profité des exercices des filles, pour se trouver en état d'enseigner la *danse*, la *musique*, & à *jouer* de quelqu'*instrument*, on les emploiera dans la maison. Ces *Maitresses* jouiront d'une considération proportionnée à leur mérite; elles seront à la table des Gouvernantes, & auront comme elles le privilége de sortir à certaines heures.

XLII.

Clôture.

LES filles, une fois entrées, ne sortiront jamais, à moins qu'elles ne soient dans le cas des Articles XIX, XL, XLI, & XLIV, ou qu'elles ne devinssent héritières: celles-ci pourront aller régir leur bien, si elles n'aiment mieux

Filles devenues héritières.

jouir de leurs revenus, en restant dans la maison. Le *Parthénion* ne pourra recevoir aucune donation de biens de ces filles, ou de telles autres personnes que ce soit. Les héritières qui seront sorties, demeureront toujours sous l'autorité du Conseil d'Administration, qui veillera sur elles, & les ferait rentrer au *Parthénion*, si leur conduite devenait scandaleuse & dérèglée.

XLIII.

Filles qui voudraient changer de vie.

UNE jeune fille, à laquelle, après son entrée dans la maison, l'honnêteté des exercices éleverait l'âme, & qui formerait le dessein de vivre desormais en fille d'honneur, sera encouragée par le Conseil dans cette bonne résolution. L'Administration lui servira de parens, ou la reconciliera avec les siens, après que par l'épreuve de la ſincérité de ſa réſolution, on ſe ſera convaincu, qu'on peut lui permettre de les nommer: en un mot, on lui rendra tous les bons offices que la raiſon & l'humanité preſcriront.

XLIV.

Parthénion quand fermé.

Le *Parthénion* ſera clos les principales fêtes de l'année : ces jours-là il y aura toujours ſpectacle aux Théâtres de la Capitale, & l'on y conduira une-partie des filles: les voitures qui les mèneront ſeront exactement fermées; & les loges qu'elles occuperont, garnies d'une gaze que l'on tendra avant qu'elles y paraiſſent.

XLV.

Communauté entre tous les Parthénions.

L'Adminiſtration du revenu de tous les *Parthénions* du Royaume, ſera commune entre les maiſons. On pourra faire paſſer des Sujets des unes dans les autres, ſuivant que la prudence des Adminiſtrateurs le croira néceſſaire, &c. mais l'Adminiſtration de Paris aura l'inſpection générale, & pourra, où le cas y échéerait, exiger qu'on lui envoye les Sujets des maiſons des autres villes : à l'exception néanmoins des filles entretenues, dont parlent les Articles XVIII, XXIV, & XXIX, qui ne changeront jamais, que dans le cas où leurs amans iraient habiter une ville qui aurait un *Parthénion* : auquel cas, elles devraient les ſuivre.

TELLES feraient, à-peu-près, mon cher Des Tianges, les Règles d'un Établiſſement que les ravages phyſiques & moraux de la Proſtitution rendraient néceſſaire; qui ferait ſans doute honneur à la ſageſſe, à l'humanité qui en ordonneraient l'exécution, & dont on recueillerait bientôt des fruits plus grands, plus précieux, qu'on ne l'imagine d'abord. Tu le sais, il n'est rien de vil pour les *Dieux* & les *Rois*; dès qu'un objet a de l'utilité, un de leurs regards l'anoblit. Les soins les plus abjets ne sont pas les moins importans : c'est avec le fumier & la fangequ'on féconde nos jardins & nos guérets : vois cette belle tubereuse, cette renoncule, cette tulipe rare, ce n'est pas Flore, c'est un peu de terreau, qui leur donne leurs riches couleurs & tous ces trésors que nous admirons.

Bon soir; mon ami; ce Règlement m'a si fort occupé, que je crains bien d'avoir passé l'heure où j'aurais pu me rendre auprès d'Ursule & de ton épouse.... Mais non; il n'eſt pas encore ſept heures, & l'on ne m'attend guères avant huit.... Ne m'épargne pas les objections ſur ce que je t'envoie : tu m'obligeras beaucoup de m'en faire quelqu'une que je n'aye pas prévue.

Aime-moi, cher Des Tianges, auſſi tendrement que tu le ſeras toujours de ton *étourdi*, mais conſtant

D'ALZAN.

SEPTIÈME LETTRE.

de DES TIANGES, à *D'ALZAN.*

Poitiers, 1 juin 176....

Réponse.

DANS quinze jours je t'embrasſerai, mon aimable ami : je jouirai de la préſence de ma chère Adelaïde, de la tienne; je verrai ton bonheur, & celui d'Urſule; vous êtes tous deux ce qu'au monde j'aime le mieux, après Adelaïde. Quel bonheur, mon ami, d'être l'époux d'une femme pour quî l'on reſſent l'amour le plus tendre, & que l'on eſtime encore plus qu'on ne l'aime! Voila mes ſentimens pour madame Des Tianges. Elle eſt encore pour moi, cette charmante épouſe (& elle le ſera toujours) ce qu'Urſule eſt aujourd'hui pour le paſſionné D'Alzan. Oui, mon ami, ton amour pour la ſœur de ma femme, remplit ma plus chère attente: j'eſpère que tu feras la félicité de cette fille ſi douce, ſi méritante, ſi belle; elle fera la tienne, ſois en ſûr, ſi l'honnêteté, une âme ſenſible, de flatteuſes prévenances, un enjoûment aimable, en un mot toutes les qualités ſolides que l'on peut deſirer dans une compagne ont quelque pouvoir ſur le cœur d'un honnête homme: je la connais depuis longtems, & je t'en réponds. Je ne forme point de doutes injurieux ſur ta conſtance, ta ſincérité, ton changement de conduite; en te donnant à ma femme pour ſociété unique, lors de mon départ, c'était, j'eſpère, te prouver mon eſtime &

ma confiance mieux que par de vaines paroles. D'Alzan eſt déja vertueux, puiſqu'il ſouhaite de le devenir. Mon ami, dans quelle douce intimité nous allons vivre! voila ce que j'avais toujours ſouhaité. Car, pourquoi te le cacher? Mon cher, dès que j'eus épouſé mademoiſelle *de Roſelle*, je te deſtinai ſa ſœur. L'amour & l'amitié ont ſecondé mes vues plus tôt que je n'euſſe oſé m'en flater. Vous vous aimez; vous vous êtes aimés dès la première vue! J'accepte, ô ciel! un auſſi favorable augure, qui juſtifie l'impatience que j'éprouve d'être au moment, où dans mon meilleur ami, j'embraſſerai mon frère.

Je ferais de vains efforts, pour t'exprimer toute la ſatisfaction que m'ont donnée tes ſentimens, la certitude de voir bientôt madame Des Tianges, & l'heureux ſuccès des ſoins que je devais à mes pupilles. Quoique j'écrive à ma femme, & même à la *divine* Urſule, annonce leur mon retour le premier, s'il eſt poſſible; car on reçoit les paquets une demi-heure plutôt dans ton quartier, que dans le nôtre : vole chez moi, dès que tu auras ouvert ma Lettre.

Je ne veux pas attendre à te parler de ton *Règlement*, que je ſois arrivé à Paris; parce que je ſuis charmé de recevoir encore ici les réponſes que tu comptes ſans doute faire à mes objections.

J'ai lu, j'ai peſé, avec l'attention la plus ſcrupuleuſe, chacun de tes Articles; & il n'en eſt preſque pas, où je n'aye rencontré des inconvéniens. Sans parler du Projet en lui-même, je paſſe aux diſpoſitions du Réglement. L'exécution du *premier Article* ſera-t-elle bien facile? &

pour quoi le *Second* tolère-t-il les filles entretenues? Le *Trois* demande une chose utile à l'Établissement, qui, par-là, sera plus distinct, plus séparé, plus sûr, & moins scandaleux; mais élever un édifice, exprès pour des filles perdues, commode, &c! Je ne sais s'il est bien décent, que des Échevins, des Capitouls, &c. soient Administrateurs de ces maisons, comme le souhaite l'*Article quatre?* Tes Gouvernantes seront-elles bien dignes de gouverner? Pourquoi défendre, par le *Cinq*, l'entrée de la maison aux Administrateurs? je crois pourtant en entrevoir la raison. Quel est le but du *Six* & du *Sept?* le *Huit* m'étonne, & je ne vois pas sur quoi fondé, non plus que le *Neuf?* Quant au *Dix*, voici mon sentiment: c'est à la vertu, & non au libertinage, qu'il faut donner toutes ces facilités. *Onze*,

de

de même. *Douze* & *treize* : je vois un inconvénient au second de ces Articles, c'eſt que le choix ſera quelquefois bien long, & que ſouvent il ſe terminera par l'abus qu'on voulait éviter, la contrainte. *Quatorze*, *Quinze* & *Seize* : je ne dis rien des deux premiers ; le *ſeizième* choque un peu. Pourquoi ces filles ſi jeunes ? *Dix-ſept*, pour quoi le cinquième & ſixième Corridor ſont-ils portés à un prix ſi haut ? *Dix-huit* : voila des filles qui ne ſeront pas publiques ? *Dix-neuf* : malgré ſes clauſes, cet Article pourrait occaſionner des abus. Il ſe trouvera des inſenſés qui épouſeront une fille publique, qui s'en repentiront bientôt, & qui ſeront malheureux. *Vingt* & *Vingt-un* : tout cela diminuera la dépenſe de la maiſon : mais que ces enfans deviennent légataires conſidérables, cela n'eſt pas légal. *Vingt-deux* & *Vingt-trois* : ces filles seront bien aprises, bien parées, bien doucement menées! *Vingt-quatre* : ces Amans en titre, sur le compte de qui vous revenez souvent, auront bien des priviléges! *Vingt-cinq* : bien ; mais le fera-t-on? *Vingt-six* & *Vingt-sept* : bon le premier; mais ces pauvres Surannées, comme vous les chargez, monsieur le législateur! *Vingt-huit:* oh ! oh ! voila bien de la rigueur ! *Vingt-neuf* : vous vous radoucissez sur le champ : je m'en doutais bien; vous étiez sorti de votre caractère. *Trente:* vous avez sans doute vos raisons pour tout cela : mais je vous passe cet Article; il y a de l'économie, &, sans être avare, je l'aime beaucoup. *Trente-un* & *Trente deux* : passe encore : mais vous contredites-là furieusement l'usage. *Trente-trois* : ce que demande cet Article est-il donc si nécessaire? justifiez-le moi. *Trente-quatre*, *Trente-cinq*, *Trente-six* & *Trente-sept* : une amende! elle serait assez bien méritée, & de pauvres plaideurs en ont quelquefois payé, qui n'étaient pas, à beaucoup près, si légitimes. Je n'ai rien à dire des autres Articles : ils sont nécessaires. *Trente-huit* : ah! voici de la politique. Mais les revenus de votre *Parthénion* suffiront-ils pour élever tant d'enfans? les marier? doter vos filles jolies? *Trente-neuf* : assez bien. *Quarante* & *Quarante-un* : je le répète, vos Demoiselles seront en vérité fort bien traitées! *Quarante-deux* : bien. *Quarante-trois* : voilà un excellent Article. *Quarante-quatre* : elles profiteront de ces jours de liberté pour aller aux Spectacles. Je pense, comme tu veux le faire entendre, mon cher, que les habitans de *Londres* feraient mieux d'aller à *Drury-lane* *, les jours du Seigneur, que de s'ennivrer de punch, & d'un mauvais vin très-cher dans leurs tavernes, où ſouvent de jeunes Anglaiſes laiſſent leur raiſon, & qui pis eſt, leur innocence. *Quarante-cinq:* Paris ſera le chef-lieu, la réſidence de la Générale de l'ordre.

* Théâtre de Londres.

Cet examen eſt court. Je l'aurais fait beaucoup plus long, ſi je diſais tout ce que je penſe : mais un plus long détail prendrait trop ſur un tems dont je ne puis diſpoſer ; il apartient à mes pupilles. Envoie-moi plutôt une réponſe aux objections que pourront faire naître chacun des Articles, qu'à celles que je t'ai faites, qui ſe réduiſent preſqu'à rien. A te parler vrai, je penſe que ſi jamais l'on voulait règler le deſordre, on ne pourrait faire que d'exécuter tes idées. Ce ſerait diminuer le mal, & par-là même, opérer un bien.

Hoc ſuſtinete, majus ne veniat malum *.

* Phæd. fab. 2.

D'Alzan! ah plus tôt, pourquoi les hommes ne ſont-ils pas tous raiſonnables? Ils chercheraient une compagne honnête; ils trouveraient la félicité, en s'en feſant aimer, en l'aimant à leur tour. Quel triſte bonheur l'on goûte entre les bras d'une inconnue, dont il n'eſt pas ſûr que dans le moment même, on ne ſoit haï, déteſté!... Mais, comme dit un Poète:

Nitimur in vetitum, ſemper cupimuſque negata;
Sic interdictis imminet æger aquis *.

* Ovid. III. Amor. El. 4. w. 17-18.

Je ſais bien, qu'il n'eſt pas poſſible à tout le monde de former des nœuds... C'eſt le malheur des tems, la honte de l'Adminiſtration publique.... Mon ami, je suis heureux; tu vas l'être, ou plutôt, tu l'es déja, les deux sœurs feront la félicité des deux amis: bénissons-en l'Etre suprême, & méritons la durée de nos innocens plaisirs, par une vie pure, & sur-tout par la bienfesance envers nos semblables; c'est-là, n'en doute pas, l'action de grâces la plus agréable au Père des humains. Non, d'Alzan, il n'est pas difficile d'être homme de bien dans l'aisance. Quelle horrible ingratitude, si nous violions les loix de la société, nous qui sommes ses favoris! Nous remplissons un devoir, nous travaillons pour nous-mêmes, lorsque nous sommes l'apui du malheureux, le modèle & la consolation des autres hommes: les secours que nous leur procurons nous les attachent; l'exemple de nos vertus, est le rempart de notre sûreté. Que deviendrions-nous, ſi des gens qui n'ont rien à perdre, aprenaient de ceux dont ils envient le ſort, à braver les Loix divines & humaines!..... Je te ſalue, mon aimable frère : dis de ma part à ton Urſule, qu'après ſa ſœur & toi, je mérite d'être ce qu'elle aimera le mieux.

DES TIANGES.

HUITIÈME LETTRE.

De D'ALZAN,

à DES TIANGES.

Paris, 6 juin 176......

Replique.

BON Des Tianges! je n'avais pas cru pouvoir t'aimer davantage : tu me nommes ton frère, mon respectable ami, & tu me parles avec une cordialité digne de cette qualité que tu me donnes. Ton amitié ne ressemble pas à ces anciennes liaisons, auxquelles je le prostituais ce nom sacré ; elle est chez toi, un attachement sincère, aussi tendre que durable, qui me pénètre de reconnaissance, & me convainc de plus-en-plus, qu'il n'est de bonheur que dans la vertu :

cette vertu qui te fesait m'aimer, me donner tes sages avis, suporter mes réparties quelquefois impertinentes, & me destiner la sœur de l'adorable Adelaïde, lorsque j'en étais si peu digne!...

Dès qu'on m'a eu remis ta Lettre, j'ai volé chez madame Des Tianges: je la lui présente; elle lit deux mots, & fait un cri de joie: —Je vais donc le revoir, répétait-elle toute transportée! dans quelques jours nous serons réunis! Oh! nous ne nous quitterons plus; je me le promets—. Elle a fait assembler toute ta maison, ton vieux Laquais, la bonne Jeanneton, tes Commis, & jusqu'au petit Noir: —Monsieur Des Tianges est sur le point de revenir, mes chers enfans, leur a-t-elle dit; il ne restera pas encore quinze jours à Poitiers; vous allez revoir votre meilleur ami—. Je n'ai pas compris ce qu'ils ont répondu; tous parlaient à la fois; ils ont fait un bruit à rendre les gens sourds: mais la joie brillait sur leurs visages: ton vieux laquais, les larmes aux yeux, a couru à ton apartement, pour mettre tout en état de te recevoir; & dame Jeanneton, rajeunie de vingt ans, a contraint tout le monde à danser avec elle.

Le paquet pour ton épouse & pour Ursule est arrivé dans ce moment. Il s'est fait un profond silence; madame Des Tianges a eu la bonté de lire tout haut une partie de ta Lettre: toute ta maison a témoigné une sensibilité extrême au souvenir dont tu l'honores. Nous nous sommes disposés sur le champ, Adelaïde & moi, à porter à l'aimable Ursule ta délicieuse épître.... Comme tu sais écrire des douceurs! En vérité, sans le bien que tu dis de moi à ma maîtresse, je serais jaloux, mais tout-de-bon très-jaloux. Après avoir lu, relu, les deux sœurs se sont entretenues en particulier quelques instans : je ne sais pas encore ce qu'elles se sont dit : Ursule rougissait; madame Des Tianges la caressait; je les regardais, & je me trouvais heureux.

On est toujours avec moi sur la réserve, mon bon ami : le soir de cet heureux jour où je pénétrai le secret d'Ursule, ce secret d'un tendre cœur, qu'il est si doux de surprendre, nous soupames chez le riche & bruyant B**.... Une chose qui va te révolter, autant qu'elle m'étonna, c'est que dans une assemblée honnête & fort bien choisie, il n'avait pas cru que l'impudente D*** fût déplacée.... Tu sais comme B** est magnifique : afin de rendre le régal complet, il avait tout diſpoſé pour qu'un bal ſuperbe terminât les fêtes qu'il donne depuis huit jours: mais ce bal était un myſtère; notre confrère aſſaiſonne les plaiſirs qu'il procure, par celui de la ſurpriſe. Il avait eu ſoin qu'il ſe trouvât des dominos pour les Dames : elles en parurent enchantées : toutes prirent différens déguiſemens. Elles firent mille folies; elles nous agaçaient, nous lutinaient; jouaient le ſentiment, la naïveté; & s'échapaient, dès qu'elles liſaient dans les yeux de leur dupe, qu'il était tenté de prendre au ſérieux un léger badinage. La D*** me tourmenta beaucoup : je fis ce que je pus pour l'éviter; car elle ne me donna pas la peine de la deviner. J'étais d'autant plus inquiet, que j'avais perdu de vue mes deux aimables compagnes. Madame Des Tianges,

& ſa ſœur, pour ne ſe pas faire remarquer, s'étaient maſquées comme les autres. Elles eurent la malice de ne pas ſe découvrir : je les cherchais avec inquiétude : elles jouiſſaient de mon embarras, & voulaient aparemment voir quel parti j'allais prendre : mais lorſqu'à mon agitation, elles jugèrent que la dame maſquée qui s'obſtinait à me ſuivre, m'impatientait, que l'ennui me gagnait, & que je paraiſſais tout de glace pour ces plaiſirs autrefois ſi fort de mon goût, Adelaïde m'aborda. Elle s'efforçait de changer le ſon de ſa voix, mais je la reconnus ſur le champ ; ma joie lui parut ſi naturelle & ſi vive, qu'elle en fut touchée : elle me conduiſit auprès de ſa ſœur. Je danſai avec ma chère Urſule : ah ! mon ami ! qu'elle déploya de grâces ! ſi je ne l'euſſe adorée auparavant, dans ce moment elle aurait fait la conquête de mon cœur. Nous nous retirames ensuite à l'écart, & nous causions, lorsque cette maudite D*** est venue se mêler avec nous. Elle a eu l'audace de me tenir mille propos, qui n'étaient clairs que pour moi, mais qui n'ont pas laissé de me causer bien de l'inquiétude. Heureusement quelqu'un est venu la prendre pour danser, & ce quelqu'un là (qui n'était autre que B**) ne l'ayant plus abandonnée, nous avons été tranquilles jusqu'à cinq heures, que l'on s'est séparé. Notre entretien a eu mille charmes pour ton ami : nous parlions de toi ; je peignais ma tendresse ; on paraissait m'écouter avec plaisir : Adelaïde, de tems-en-tems, pressait la main de sa sœur : il fut un instant, où je crus voir les beaux yeux d'Ursule mouillés de quelques larmes ; le mouvement de ſa gorge était plus vif..... Auſſi dans ce moment mes expreſſions étaient ſi tendres, je ſentais ſi bien tout ce que je diſais, que je n'avais pu m'empêcher de laiſſer échaper.... tu ſais comme je raillais un jour, ce pauvre amant qui pleura devant nous : eh bien, mon ami, je l'imitais : mais c'était en moi l'effet d'une émotion délicieuſe, & comme l'émanation du ſentiment : Adelaïde souriait ; j'entendais les ſoupirs contraints d'Urſule. Quelle nuit charmante ! elle ne dura guères ; les heures étaient des minutes, & j'eus la ſatisfaction de remarquer, que madame Des Tianges & ſon aimable ſœur ne les trouvaient pas plus longues qu'elles me le paraiſſaient. Adelaïde, à notre retour, m'aſſura que ſans moi, elle n'aurait pas été chez B** en ton abſence : elle m'a parlé de ces aſſemblées tumultueuses sur un ton à me persuader, qu'elles ne sont rien moins que ce qui l'amuse.

Je vois Ursule trois fois la semaine; & mon respect ainsi que mon amour ne cessent de croître. Que d'égaremens j'aurais évité si mon bonheur m'eût plus tôt aproché de madame Des Tianges! Par exemple, je n'aurais pas à présent sur les bras, cette malheureuse intrigue avec la D***. Je n'avais pas revu cette femme depuis le jour où pour la première fois Adelaïde me conduisit au couvent de sa sœur. B** m'aprend ce matin qu'elle est furieuse: je m'en embarrasserais assez peu; l'on ne doit pas de ménagemens à ces femmes indécentes, qui se jettent à la tête des hommes, & qui les quittent avec la même impudence: mais, si madame Des Tianges, si mon Ursule

ſule venaient à ſavoir cette avanture.... Je voudrais bien parer ce coup. Car je connais la D***; ſi elle parvient à découvrir que je paſſe chez toi les heures que je lui donnais, elle fera les plus ſots contes, elle tiendra les plus impertinens diſcours... & comme elle ne peut tarder à ſavoir la vérité, d'après ce qu'elle a vu au bal, elle eſt femme à ſe deſhonorer, pour me perdre auprès d'Adelaïde & d'Urſule. Une Proſtituée, une Danſeuſe de l'Opéra, ſont moins dangereuſes que ces ſortes de femmes.... Mon Dieu! ſi mon adorable maîtreſſe allait croire que j'ai vu la D***, depuis que je lui ai juré une tendreſſe ſans partage & ſans bornes! Mon cher Des Tianges, cette idée me fait frémir; elle me fait ſentir tout le prix d'une conduite innocente.... Ne pourrais-tu leur en toucher quelque chose.... Mais, non, non; attendons encore : peut-être n'arrivera-t-il rien de ce que je redoute; & je crains que nous ne fassions indiscrettement une confidence fort desagréable.

Nous soupons ce soir chez mon oncle, & madame Des Tianges doit amener Ursule.

J'AI lu tes objections, mon ami; & comme tu veux que je réponde, je le ferai volontiers. Tu me diras si mes repliques sont satisfesantes. D'ailleurs, je crois nécessaire de rendre compte des motifs de chacun des Articles du Règlement : ce sera le moyen de prévenir les objections que d'autres ne manqueraient pas de faire, si ce Projet sortait de tes mains, & d'expliquer quelques-uns de ses Articles qui pourraient surprendre ou révolter.

§ IV.

Réponses aux Objections, que pourraient faire naître chacun des Articles du Règlement.

Article 1. Il suffirait, en commençant, de prendre des maisons particulières auxquelles il y aurait peu de dépenses à faire : il ne s'y trouverait pas d'abord toutes les commodités, mais on attendrait, pour les donner, que l'Établissement eût des fonds : durant cet intervalle, les filles publiques ramassées de tous côtés, passeraient entièrement ; on aurait l'avantage de faire commencer la nouvelle maison par les sujets reçus comme il est prescrit par l'Article 6 du Règlement : ces filles n'auraient, par ce moyen, aucun commerce *Maisons.*

avec les malheureuſes, incorrigibles & corrompues, qui ont croupi ſi longtems dans la fange (*). Les *Parthé-*

(*) J'imagine qu'à *Paris*, l'intérieur habitable pour les particuliers de la *Nouvelle-Halle*, pourrait d'abord y être employé, ſans que cela gênât le moins du monde dans l'uſage auquel cet édifice eſt conſacré pour l'utilité publique: on mettrait doubles portes à toutes les rues qui y aboutiſſen t; durant le jour tout ſerait ouvert, mais l'on fixerait l'heure du ſoir à laquelle ces portes feraient fermées, & gardées en dedans par une *Gouvernante:* à la première entrée, il y aurait un guichet, par lequel on introduirait les hommes à la grille de la loge du *Bureau*, ſitué entre les deux barrières; on leur délivrerait là le billet, & pour tout le reſte, l'on ſuivrait, autant qu'il ſerait poſſible, les diſpoſitions du *Règlement.* Il ſerait néceſſaire qu'il y eût un Corps-de-garde à portée; celui proche l'Oratoire y pourrait être tranſféré. Ce ſerait, en attendant mieux, un moyen facile de commencer la réforme, en empêchant les Proſtituées d'infecter tous les

nions, outre les avantages déja connus, auraient encore à peu de chose près, l'effet des *Conservatoires* d'Italie, qui sont des maisons où l'on reçoit les femmes & les filles que la misère pourrait entraîner dans la débauche : *voyez* la dernière disposition de l'*Article 16*.

Filles publiques actuelles.

Une amende de *cinq cens livres*, ou même plus forte, suivant les facultés des délinquans, qu'encourraient ceux qui, au mépris de la loi, logeraient des filles publiques reconnues, est le moyen le plus efficace qu'on puisse employer ; surtout, si l'on accorde au délateur la recompense prescrite, & le secret lorsqu'il l'aura demandé.

---

quartiers de la Capitale. [On pourrait de même à Londres, choisir une de ces vastes Cours qui sont en grand nombre aux environs de *Covent Garden* ou de *Leicester-field*].

Entretenues. *Article* 2. Je ne crois pas que l'on puiſſe tout-d'un-coup prohiber les filles entretenues comme les filles publiques : il faut mettre cette choſe au rang de celles que la bonne adminiſtration du *Parthénion* amènera ; mais dont une exécution active & trop prompte doit être regardée comme odieuſe & peu praticable ; vu que ce ſerait ſoumettre à une inquiſition injuſte & dure, nombre d'honnêtes femmes & filles, qui trouveraient par-là difficilement à ſe loger. L'on voit que le ſiſtème préſent, y remédie indirectement par les Articles *18*, *24*, & *29*.

Nouvelles Maiſons. *Article* *3*. Dès qu'on veut réformer, il faut employer tous les moyens pour que la réforme ſoit conſtante & facile à maintenir : la honte eſt dans le vice, & non dans les précautions que l'on prend contre lui.

Article 4. Cette idée n'eſt pas nouvelle : c'eſt ce qui ſe pratiquait autrefois dans les principales villes du Royaume. Revoyez à ce ſujet la première note (L).

Adminiſtrateurs.

Quant aux Gouvernantes, il eſt clair, qu'eu égard aux fonctions de leurs places, cet emploi ne peut être rempli que par celles que je deſigne.

Gouvernantes.

Article 5. L'exercice de la charge d'Adminiſtrateur, ſe fera avec ordre & décence : on ne ſaurait choiſir des citoyens trop honnêtes-gens, pour gouverner les *Parthénions*, adminiſtrer leurs revenus, inſpirer aux libertins une crainte reſpectueuſe, fondée ſur la conduite ſage, exempte de tout reproche des Membres du Conſeil d'Adminiſtration. La diſpo-

Exercice.

Recette des deniers.

Réſerve des Adminiſtrateurs.

Leurs priviléges.

ſition de cet Article, qui leur défend l'entrée de la maiſon, appuie les Articles 18, 24, 28, 29, & ces mêmes Articles en font ſentir la ſageſſe : ces hommes grâves, ne doivent ſeulement pas être ſoupçonnés d'aimer une fille du *Parthénion*. La dernière diſpoſition ne demande pour les Adminiſtrateurs, que le même privilége dont jouiſſent des compagnies auſſi peu utiles que les *Arquebuſes* &c.

Sujets à recevoir. Sécret.

Article 6. Ce que preſcrit le commencement de cet Article a deux motifs, tous deux très-puiſſans; le premier, d'ouvrir un azile ſûr aux filles, qui les éloigne de la tentation de contrevenir au premier Article : le ſecond de ne point divulguer le ſecret des familles. La dernière diſpoſition, qui regarde l'âge, eſt eſſencielle à l'Établiſſement propoſé.

Il pourrait néanmoins y avoir des exceptions pour la beauté & les talens.

Article 7. La diſpoſition de celui-ci pourra révolter au premier coup-d'œil ; cependant il eſt néceſſaire qu'elle ſoit exactement ſuivie ; autant pour ôter aux parens tout eſpoir d'une vengeance inutile, & par-là leur faire éviter des éclats dont eux-mêmes ſeraient les premiers à ſe repentir, que pour aſſurer la tranquillité des Sujets du *Parthénion.* (Ces parens ſeront ainſi privés de leur droit naturel ſur leurs filles, pour les punir de n'avoir pas ſuffiſamment ſoigné leur éducation).

Azile du Parthénion.

Article 8. Il eſt abſolument néceſſaire d'uſer de beaucoup d'indulgence, dans un Établiſſement tel que celui-ci : la rigueur le rendrait im-

Fautes.

praticable; on en ſent la raiſon. *Prendre le moindre mal pour un bien*, eſt ſa deviſe: ce Projet, en lui-même, n'eſt pas un bien, il n'eſt que l'extrême diminutif d'un mal incomparablement plus grand encore qu'il ne le paraît, & qu'on ne ſaurait l'imaginer.

Crimes. *Article* 9. Le même motif a guidé, dans celui-ci : ſi l'on voyait au gibet une fille du *Parthênion*, quel effet cela ne produirait-il pas, contre le but propoſé, qui eſt d'y attirer toutes celles qu'un malheureux panchant entraîne à la Proſtitution, & de leur faire enviſager dans ces maiſons, un ſort plus avantageux & plus doux, qu'elles ne pourraient ſe le procurer à elles-mêmes, ou chez ces infames *mamans*, que le Gouvernement eſt forcé de tolérer, malgré leurs crimes? Qu'on ne me diſe pas que je propoſe une amorce pour le vice : j'en apelle à toutes les perſonnes raiſonnables ; l'Établiſſement que j'indique ne tentera jamais une honnête fille : elle ſera toujours ſuffiſamment arrêtée par la note d'infamie imprimée par nos mœurs & par la nature au dernier des états : & pour les autres, il vaut mieux qu'elles viennent au *Parthénion*, que d'aller ailleurs.

Situation des Parthénions.

Bureaux.

Entrée des filles.

Article 10. Je me répète; il faut attirer les hommes à notre Établiſſement ; non pour leur inſpirer l'amour de la débauche, mais pour les détourner de chercher des filles, avec leſquelles ils s'expoſeraient davantage. Combien n'en eſt-il pas aujourd'hui, qui, après avoir perdu leur ſanté, communiquent une honteuſe maladie à leur vertueuſe épouſe, & donnent à l'État des ſujets deſtinés à en devenir l'inutile fardeau! J'ai lieu de croire, que, par l'ordre preſcrit dans cet Article & les ſuivans, tout s'exécutera ſans confuſion, & ſur-tout que le ſcandale ne ſera point affiché.

Manière de ſe préſenter aux Bureaux.

Article 11. Cet Article tend au but déja exprimé, de rendre l'Établiſſement d'un accès ſi facile, qu'on n'aille point chercher ailleurs.

Choix de l'homme.

Article 12. On choiſira dans une multitude de filles jolies : la fille, à ſon tour, doit ne ſentir aucune répugnance pour celui qui la demande : on ſent combien une telle méthode ôte à la Proſtitution, de ce qu'elle a de plus révoltant, de brutal, de féroce.

Choix de la fille.

Article 13. Il n'y a rien ici que de juſte ; ramenons à la nature, autant qu'il eſt poſſible, un état qui deſcend ſi fort audeſſous: le choix de l'homme a été libre; que celui de la fille le ſoit auſſi. Si le Projet ne cherchait qu'à procurer le phyſique de l'amour, ces précautions ſeraient parfaitement inutiles: loin de moi la penſée d'avoir voulu rabaiſſer l'homme juſques-là: la diſtinction du phyſique & du moral, n'exiſta jamais dans l'homme qui penſe: pour lui, aimer, c'eſt jouir; & jouir, c'eſt aimer. Il ne faut pas s'imaginer que le moyen propoſé pour obvier à un refus général, entraîne des difficultés bien grandes: au reſte, ces cas ſeront rares, & l'on pourrait, avec certaines figures, employer tout-d'un-coup le moyen propoſé. Cet Article venant à l'apui du 7, dont il rend l'exécution facile, une fille qui aurait reconnu un de ſes parens, ou des amis de ſa famille,

Comment parer aux refus.

le dira en ſecret à la Gouvernante, afin qu'elle ne lui demande point de nombre.

Corps-de-garde.

Entrer ſans armes.

Articles 14 & *15*. Ces deux Articles ont pour objet de maintenir l'ordre & la tranquillité, pour leſquels on ne ſaurait trop prendre de précautions. Ils ſont une ſuite des *Articles 10* & *11*.

Billets.

Article 16. Les détails de cet Article ſont néceſſaires, pour que tout le monde ſoit ſûr de trouver au *Parthénion* ce qu'il ſouhaite. Je ſoutiens même qu'on ne devrait point en exclure, les hommes d'un *certain état*, pourvu qu'ils évitaſſent le ſcandale. Combien parmi ceux qui ſe ſont imprudemment engagés à une perfection chimérique, ne s'en eſt-il pas vu, qui, entraînés par une paſſion furieuſe, ont abuſé de la confiance, & du ſecret qu'exigent certaines pratiques, dont je ne prétens pas attaquer l'utilité, pour porter la honte & le deſeſpoir dans le cœur d'infortunés parens (N) ! Ce qui termine cet Article préſente un autre bien, qui réſultera de l'Établiſſement: c'eſt qu'il préſervera du deſordre un nombre de jeunes perſonnes, & les rendra à la ſociété. (N)

Article 17. Il eſt certain que des filles qui vivront avec régularité, & ſeront toujours propres, attireront plutôt l'eſpèce d'hommes pour quî je deſtine les *Surannées*, que ces malheureuſes, ſales, ivrogneſſes, corrompues avec leſquelles ils s'arrêtent. Les taxes du premier, du ſecond, & du troiſième Corridor, ſont les prix les plus ordinaires qu'exigent des filles bien audeſſous de celles que

Tarif. Coffret pour la Recette.

fournira l'Établissement proposé (*). Le *quatrième* n'est pas fixé trop haut pour des gens aisés qui aiment le plaisir, & qui souvent perdent leur santé, en payant plus cher. Il sera nécessaire de mettre assez haut le *cinquième*, pour en écarter la foule: Quant au *sixième*, il serait plus prudent encore, de le taxer à *dix louis* qu'à *quatre*. Le reste de cet Article prescrit les précautions que l'on doit prendre pour qu'on ne puisse rien détourner des sommes qui seront mises dans les Coffrets des Bureaux où l'on délivrera les Billets, & montre la sagesse de la disposition de l'*Article 5*, qui ordonne la peine capitale contre le Commis qui laisserait voir les feuilles de Recette. Le but des

(*) *Voyez* l'État actuel *de la Prostitution, note* (A), *vers la fin.*

précautions

précautions que l'on prend dans la manière de placer l'argent dans la première boîte, est pour prévenir toutes les difficultés qui pourraient s'élever entre les hommes & les Gouvernantes; car dans le cas où les premiers voudraient tromper, la Gouvernante aura toujours devant les yeux la mise, qu'elle ne fera tomber qu'après le Billet livré, & l'homme sorti; si elle la fesait glisser auparavant dans le Coffre, elle serait censée avoir tort, & répondrait de la mise.

Article 18. Ceci paraîtra peut-être contraire au but de l'Établissement, & je conviens qu'on aurait raison de le penser, s'il n'était pas plus que probable que la maison aura toujours suffisamment de Sujets. On pourrait même regarder ce que je propose dans cet Article, comme un

Amans en titre.

Logement des Entretenues.

Entrée des Amans en titre.

Choix d'une Maitresse.

Défaut de paiement. *Absence.*

moyen d'empêcher la ruine des familles : combien d'hommes sont pillés par des syrènes qui se font un honneur & un jeu de les tromper, en les dépouillant ? Ici, cet inconvénient n'aura pas lieu : un amant, outre qu'il sera sûr de la fidélité de sa maîtresse, pourra s'en tenir à la seule dépense qu'exige la maison: cette dépense va toujours en diminuant, puisqu'il ne payera que 42 livres par semaine, lorsque sa maîtresse aura passé *seize ans*; 33 liv. 12 s. lorsqu'elle en aura *dix-huit*; 25 liv. 4 sous, lorsqu'elle aura accompli *vingt ans*; 16 livres 16 sous, lorsque les filles en auront *vingt-cinq*; 14 liv. lorsqu'elles auront passé *trente ans*; taxe au-dessous de laquelle on ne descendra pas, tant qu'elles conserveront leurs amans. C'est aussi pour favoriser les amans en titre, qu'on a réduit à *douze livres* par jour, la taxe des filles du *sixième*, & à *six livres*, celles du *cinquième*, cette manière étant la plus honnête, & devant être encouragée. Ce qui regarde les enfans tend autant à la satisfaction des pères, qu'à la décharge de la maison. Les clauses des dispositions suivantes ont pour but de prévenir les desordres qui résulteraient de la liberté qu'auraient les hommes d'aller chez une fille *entretenue* par un autre, & d'assurer l'exécution de l'Article 28.

Mariages prohibés, ou permis.

Article 29. Il ne faut pas que l'Établissement proposé favorise des unions deshonorantes : comme d'un autre côté, il serait injuste de priver de la liberté du choix ceux qui sont maître d'eux-mêmes. Je crois cependant, qu'il serait absolument nécessaire, de déclarer nul de *plein-droit*, tout mariage contracté par un homme distingué par sa naissance ou par sa place, avec une fille du *Parthénion*, s'il était parvenu, en donnant de faux noms, à obtenir l'aveu du Conseil de l'Administration; & cela, quand même la fille n'aurait jamais vu que lui. Cet Article montre clairement la nécessité de ne confier l'Administration des *Parthénions*, qu'aux plus honnêtes citoyens; c'est-à-dire, à des gens qui joignent à de bonnes mœurs des lumières suffisantes, pour juger dans ces cas importans.

Grossesse des filles non entretenues.

Article 20. La raison, plus que la nature, prescrit cette conduite: on donnera les enfans aux pères; parce qu'en exécutant mon projet, les pères feront toutes les dépenses, & devront jouir de tous les avantages.

Article 21. Il n'y a aucun inconvénient à accorder ces prérogatives aux pères, amans en titre. Mais cet Article a d'autres dispositions qui ne paraîtront pas claires : on me demandera par exemple, ce que j'ai voulu dire, par ces pères, qui ne pouvant contracter mariage, laissent la moitié de leur bien ? Je répons seulement, que les abus qui règnent sont infiniment plus dangereux, que celui que j'occasionnerais, qui, en lui-même, n'a rien qui choque la nature, ou même la raison & les anciennes Loix (*). Bien entendu que

Filles enceintes entretenues.

(*) Le Concile de Trente agita si l'on permettrait aux Prêtres de se marier. On se décida pour la négative, par des raisons qui parurent bonnes apparemment ; car ceci n'étant qu'un point de discipline, le sacré Synode le décida par des motifs humains, à

ces pères éviteront le scandale, qui doit toujours être puni dans un État bien réglé.

Salles communes. Noms des filles.

Article 22 & 23. Ces deux Articles déterminent l'emploi de toutes les heures du jour. Un Établissement

---

l'aide des seules lumières naturelles. Conséquemment, il a pû se tromper : c'est le sentiment de tous les Théologiens. J'ai lu quelque part, qu'Érasme, le fameux Érasme, parlant des Ecclésiastiques & des Moines de son tems qui s'étaient mariés, au-lieu de traiter avec décence un point de Morale si important, s'était amusé à plaisanter comme un écolier. *At ista omnis tragœdia*, dit-il, *exit in catastrophen comicam. Ubi contigit uxor, occinitur : Valete & plaudite.*

Un homme, dont personne ne contestera la vertu, les bonnes mœurs & les lumières, l'Abbé de Saint-Pierre, fortement touché des obligations de la Nature, avait consacré un des jours de la semaine à la propagation. *Dict. de l'Encyclop. mot* Population.

ſans règle, tombe dans une eſpèce d'anarchie, qui détruit l'utilité qu'on ſe propoſe d'en tirer. On enſeignera aux filles tout ce qui peut contribuer à les rendre plus aimables : qu'on ne s'en ſcandaliſe pas, j'en fais connaître le motif, *Article 8* de ce §.

Exercices & repas. Nuits. Encouragemens.

Article 24. Ceci tend encore à ſoulager la maiſon, & à donner aux hommes une liberté, qui leur faſſe préférer de venir à l'Établiſſement, à toute autre manière d'avoir une maîtreſſe. [Il eſt bon d'obſerver que la liberté dont jouiront les filles entretenues par un amant en titre, les préſens qu'elles pourront recevoir, leur feront deſirer de l'être, & que ces raiſons les empêcheront de refuſer un homme, qui d'ailleurs ne ſerait pas de leur goût].

Priviléges des Amans en titre.

Article 25. De la liberté. C'eſt

Emploi

du temps à la salle commune.

bien assez de ne pouvoir sortir de la maison, sans qu'on apesantisse encore leurs chaînes dans l'intérieur. Et pour les obliger, d'une manière efficace, à jouir des amusemens permis qu'on leur procurera, on suprimera tout ce qui pourrait en détourner leur attention : on ne commandera pas de lire, de travailler, mais on mettra dans l'alternative de le faire, ou de s'ennuyer.

Combien une fille peut être demandée.

Combien une Surannée.

Articles 26 & 27. Plusieurs raisons ont déterminé à proposer le 26e *Article* : les filles qui en sont l'objet, sont sur le retour, & il est à présumer qu'elles ne donneront pas dans l'excès : elles sont en petit nombre, proportion gardée avec les hommes qui ne peuvent prétendre qu'à elles ; ces hommes d'ailleurs ont moins de fantaisies, sont plus tôt satisfaits que ceux d'une condition plus relevée: les *Surannées* feraient trop à la charge de la maiſon, s'il en était autrement: mais cette raiſon ne vaudrait rien, ſi la première n'exiſtait pas. Celles qui auront paru dans le jour une ou deux fois, pourront demander à quitter pour le reſte du tems la ſalle commune. On les veillera de près, & la Grande-Gouvernante donnera la plus ſcrupuleuſe attention à la ſanté de ces filles.

Article 28. La ſévérité de cet Article portera une ſorte de chaſteté au ſein même de la Proſtitution. L'impudicité eſt l'abus de l'acte de la génération: & rien n'eſt plus contraire à la propagation de l'eſpèce. Voila pourquoi les anciens Moraliſtes recommandèrent la pureté. Les hommes les plus vertueux ont été

Infidélités.

chaſtes : reſte à ſavoir ſi la continence abſolue n'eſt pas criminelle ? On pourrait répondre, que l'exemple en eſt peu dangereux, & que l'effet qu'il produit ſur les autres eſt toujours excellent : l'entière abſtinence des femmes n'eſt préjudiciable, ou, ſi l'on veut *coupable*, que dans l'individu qui s'en eſt fait une loi ; au-lieu que l'incontinence publiquement affichée par les hommes & par les femmes, aurait des effets épouvantables, ſe répandrait ſur tout, même ſur le goût, & ferait de l'amour une cauſe ſans effet : or l'effet de l'amour, eſt la production de l'homme.

Table, & autres arrangemens. Soins, Lits & Linge.

Article 29. Tout cela ſerait néceſſaire, & devrait être exécuté à la lettre : le Conſeil de l'Adminiſtration ne pourra s'en écarter.

Dépenſe

Article 30. La ſomme étant fixée,

pour l'habillement, durant toute l'année, par l'État de *Recette*, & de *Dépenſe* (*), il eſt naturel qu'il ſoit libre à chaque fille de choiſir l'étofe, & la façon de l'employer, qui la pare le plus avantageuſement. Les filles deſtinées au mariage, ou à l'état de leurs mères, & les Ouvrières élevées à la maiſon, dont il eſt parlé *Article 38*, pourraient être habillées des hardes que quitteront les Sujets du *Parthénion*; ces habits étant encore très-propres, eu égard au ſoin que les Gouvernantes obligeront les filles d'en avoir. *des Habits.*

Article 31. Les bains ne ſont pas, depuis que l'uſage du linge s'eſt étendu, auſſi fréquens parmi nous qu'ils devraient l'être : il eſt certain qu'un bain tiède favoriſe la *tranſſudation* *Bains.*

(*) *Voyez* cet État, *lettre XI*, § *F*.

d'une infinité d'impuretés, qui causent des dépôts fâcheux, & des maladies souvent mortelles, sur-tout aux personnes sédentaires : un autre avantage du bain pour les femmes, c'est d'éclaircir le tein de celles qui sont trop brunes (*).

(*) « La crasse de la peau, retenue dans » ses pores, ou sur sa superficie, est capable » de produire plusieurs maladies, comme » clous, phlegmons, &c. la gale & les dar- » tres sont sur-tout engendrées par cette » crasse : on doit obvier à ces maladies, en » nétoyant exactement la peau par les bains, » les frictions & les autres moyens propres » à enlever la crasse de la circonférence du » corps. Les habitans des pays chauds, qui » sont plus sujets à la crasse de la peau, à cau- » se de la chaleur du climat qu'ils habitent, » se baignent aussi fort souvent, pour se ga- » rantir de ces maladies, méthode qu'ils ont » retenue des anciens ». *Encyclop.*

Article 32. Les coſmétiques, en général, font plus mal que bien, ſurtout aux jolies perſonnes : ils rident le viſage, mangent les couleurs naturelles & hâtent l'air de décrépitude. [L'Article précédent conſeille une choſe preſque hors d'uſage; celui-ci défend ce qui ſe fait : c'eſt que l'omiſſion du bain eſt déraiſonnable, & l'uſage du fard pernicieux : rétabliſſons les pratiques utiles, & ſuprimons les mauvaiſes.] *Fard.*

Article 33. Une troupe de malheureuſes, logées à l'extrémité des fauxbourgs, viennent chaque ſoir au centre de la ville, communiquer leur corruption à ces hommes utiles & robuſtes, que leur peu de fortune, a rendu les ſerviteurs de l'humanité : eſpèce d'hommes, je ne puis m'empêcher de le dire, d'une toute autre *Surannées.*

valeur, pour la société en général, que l'Auteur le plus éclairé (1), que le Bourgeois fainéant, le Marchand cauteleux, l'impertinent Commis, & l'inutile Valet : ce sont eux qui bâtissent nos maisons, cultivent nos jardins, portent nos fardeaux, &c. doit-on les abandonner inhumainement au péril où les expose une passion qui triomphe des plus sages ? L'abus qui règne aujourd'hui est plus grand sans doute que celui que *Columelle* reprend, lorsqu'il dit, *que ce serait causer un grand mal, de donner aux Ouvriers qui s'occupent des travaux les plus nécessaires, les moyens & la facilité de voir des filles de joie* (2).

(1) » Le nécessaire est au-dessus de l'utile : » il marche d'un pas égal avec le juste, » l'honnête & le saint ».

(2) *Quippe plurimùm affert mali, si Ope-*

Cette maxime pleine de ſageſſe & de raiſon, ne ſera point éludée : le Règlement y a pourvu. L'homme de peine ne ſera expoſé ni dans ſa ſanté, ni à la perte de ſon tems, ni à la débauche : je le répète ſouvent : ce n'eſt pas le libertinage que je veux favoriſer : je me mépriſerais d'en avoir eu la penſée; ce ſont les ſuites d'un abus devenu néceſſaire, que je veux prévenir ; c'eſt le mal que je cherche à diminuer ; une maladie cruelle que je cherche à extirper.

MALADIES VÉNÉRIENNES.

Article 34. C'eſt ici le principal but de l'Établiſſement : on ne permettra pas qu'un homme choiſiſſe une fille, qu'on ne ſe ſoit aſſuré qu'il eſt ſain. *Viſiteuſes.*

---

rario meretricandi *poteſtas fiat.* Columell. Lib. II, cap. 1.

Grande-Gouvernante, ou Supérieure.

Article 35. Il est naturel que le premier des devoirs de la Grande-Gouvernante, soit de veiller à l'observation exacte de l'Article précédent, & à l'exécution des deux qui suivent.

Amende.

Article 36. On croit ne devoir aucun ménagement aux misérables, qui se sentant atteints de la peste vénérienne, sont assez injustes pour vouloir la communiquer à d'autres, & assez ennemis d'eux-mêmes pour aggraver leur mal, au lieu de chercher à se procurer la guérison.

Traitement des Filles.

Article 37. Le soin qu'on prendra des filles malades, est une suite nécessaire de l'Établissement, & l'objet le plus digne des soins de la Grande-Gouvernante, & de celles qui lui sont subordonnées : l'Administration se fera rendre un compte exact des traitemens,

temens, & elle remédiera promptement aux abus, & surtout aux négligences qui s'y introduiraient. C'est en ceci qu'il faudra éviter la routine & l'inattention. Au reste, tous les Articles sont tellement liés, que l'inobservation d'un seul, amènerait bientôt le violement de tous les autres.

SORT DES ENFANS NÉS DANS LA MAISON.

Article 38. Les hommes sont la richesse de l'État; c'est en les multipliant, qu'un Prince augmente sa puissance. Quel bonheur, pour les campagnes, dans lesquelles la Milice GARSONS*.

* *Garse*, autrefois honnête, à présent injurieux, & *Garson*, dérivent de *Gars* (jeune-homme) : ce qui prouve qu'on doit écrire *Garson* (au lieu de *Garçon*) comme on a fait dans cet ouvrage.

porte chaque année un nouvel effroi, de s'en voir délivrées par notre Établissement (*)! L'avantage qui en résulterait pour l'État serait immense: ce seraient plusieurs milliers d'hommes qui resteraient à la culture des terres : car la plupart de ceux qui l'ont une fois quittée, n'y retournent plus, après leur tems expiré; ils deviennent fainéans, vagabonds; ou tout au moins fort débauchés; d'autres, qui, sans la Milice, *tiendraient* la charrue, ou *feraient* la vigne, s'habituent dans les villes, dont la mollesse les énerve; & ce

(*) L'usage introduit depuis quelques années, de donner des *Enfans-trouvés* aux Laboureurs, pour les former au travail, & *tirer* au sort de la Milice en place des enfans de la maison, est un acheminement à ce que l'on propose ici.

sont encore des hommes presque perdus pour l'Etat.

Il faut convenir que les Sujets que fourniraient les *Parthénions* du Royaume, ne suffiraient pas seuls pour remplir ce but : mais ce n'est ici qu'une indication de moyens, & non une loi : qu'on y joigne les garsons en état des Enfans-trouvés, qui dépérissent à la *Pitié* & ailleurs, ceux des hôpitaux des provinces du Royaume, qui passent leur jeunesse à carder la laine, je crois qu'alors on en trouvera suffisamment pour opérer le bien proposé. J'avance que ces garsons feront d'excellens Soldats, parce que dès l'enfance, ils sont élevés dans la soumission & dans la dépendance aussi absolue qu'aveugle pour un étranger; ils n'ont point de parens ni de liaisons; leur père, c'est l'Etat; leur patrie, le Royaume : ils resteraient au ſervice tout le tems que leurs forces le leur permettraient. Ces vieux Soldats ſeraient employés dans les occaſions difficiles ; où l'expérience & l'intrépidité à la vue du danger ſont néceſſaires. On pourrait objecter que ces troupes ſeront vilipendées par les autres. A Dieu ne plaiſe que je regarde l'état Militaire de France & d'Angleterre, comme aſſez mal diſcipliné, pour inſulter de gaîté de cœur un corps de braves gens, en leur feſant un crime de leur naiſſance, qui n'a pas dépendu d'eux.

FILLES. La ſeconde diſpoſition regarde les filles : on tirera parti de celles qui ſeront diſgraciées de la nature, en les employant utilement pour la maiſon : les autres choiſiront l'état qu'elles voudront embraſſer. On pourrait dire que la dot que je propoſe de leur aſſigner eſt conſidérable, eu égard à leur grand nombre. Je réponds, que les filles d'une jolie figure formeront tout au plus la dixième partie des enfans; & je crois que le *Parthénion* bien règlé, bien adminiſtré, pourra ſuffire à cette dépenſe : c'eſt ce que je me réſerve de prouver une autre fois (*). On pourrait objecter encore, que la maiſon a bien des charges : les *Surannées*, les filles malades, la manière coûteuſe dont je propoſe d'entretenir les Sujets de la maiſon en tout point, &c. Je conviens de la juſteſſe de ces remarques; mais il ſe préſenterait naturellement un moyen d'aider la maiſon, s'il ſe pouvait qu'elle eût beſoin de ſecours : l'Hôpital de la Salpêtrière devient preſqu'inutile;

(*) *Voyez* la Lettre XI.

on placerait ailleurs les folles qui peuvent y être renfermées, & l'on affecterait à notre Établissement les revenus de cette maison. Je vais plus loin; j'ose soutenir que les Hôpitaux ne remplissent pas, à beaucoup près, le but d'utilité qu'avaient en vue leurs Fondateurs, & ne procurent pas le soulagement qu'on croit que les pauvres en retirent; la moitié du Royaume n'en a pas, & ne s'en trouve que mieux. Qu'on laisse subsister l'Hôtel-Dieu, à la bonne heure; dans une ville telle que Paris, il faut bien qu'il y ait un lieu où l'indigent puisse mourir comme il a vécu (*), au sein de l'horreur, &

(*) On aurait pu dire: *Où il meure promptement;* on a, dans cette maison (& dans une autre) une attention toute particulière à ne pas laisser languir les malades, sur-tout les vieillards.

dans les bras du deſeſpoir.... O! triſte humanité! où ſont tes glands & tes forêts!... Tous les autres Hôpitaux ſont nuiſibles, entretiennent la fainéantiſe, & trompent enfin les malheureux, qui ſe ſont imprudemment repoſés ſur ces Établiſſemens, pour ne rien ménager durant le cours d'une longue vie. Ils eſpéraient y trouver la tranquillité, & le repos; ils n'y rencontrent qu'un enfer anticipé: je le dis, parce que je l'ai vu; la mort eſt un moindre mal que la triſte vie, que l'on traîne dans nos Hôpitaux: les ſuprimer, ou apliquer tous les revenus à une maiſon pour les *filles enceintes*, aux *Enfans-trouvés* & à notre *Établiſſement*, ce ne ſerait que détruire un mal, pour opérer un grand bien. Mais que deviendront ces miſérables dont le gain eſt ſi peu de choſe, qu'à peine il leur fournit le pain quotidien ? Si c'en était ici le lieu, je répondrais.... Des Tianges, ces biens immenſes que poſſèdent les gens de main-morte, pourquoi furent-ils donnés ? pour nourrir ſans doute dans une faſtueuſe indolence nos Prélats & nos Abbés ; dans une oiſiveté molle, ce Chartreux inutile, ce ſenſuel Bernardin, &c.... Un nuage de Sauterelles s'eſt jeté ſur le bien des pauvres, le dévore, & l'on s'étonne qu'ils meurent de faim ! Si c'en était ici le lieu, je dirais, que nous autres Financiers, mettons dans nos parcs des campagnes entières..... mais je me tais : j'ajoute ſeulement, que l'hiver prochain, je détruis mon parterre de ***, mes grandes allées ſablées, & que je rendrai près d'une lieue de terrain coûteuſement ſtérile, à l'agriculture.

Quant à la manière d'habiller les *Vêtemens.* personnes de la maison, je crois qu'elle ne doit rien avoir de particulier : la décence même l'exige absolument. Celui qui a dit que les divers *états* devraient être marqués par des habits différens, n'avait certainement pas aprofondi suffisamment son idée. Cette distinction entre les hommes est odieuse, surtout dans nos mœurs: elle ne tendrait qu'à nourrir l'impertinente vanité d'un petit nombre d'hommes, tandis qu'elle couvrirait d'une confusion (déplacée, à la vérité, mais non moins pénible) le *tiers-état* presque tout entier, qui est mille fois plus nombreux que les deux autres réunis : ainsi ce serait servir le goût d'un homme, aux dépens de celui de 999 : jamais pareille Loi ne fut proposable, si ce n'est à Maroc, ou, si on veut, dans le malheureux Empire des Yncas, depuis que les Européens l'ont injustement conquis.

Autorité du Conseil sur les Enfans de la Maison.

Article 39. La disposition de cet Artice retiendra les *Parthéniens* (*)

(*) *Parthéniens*, c'est à-dire *fils de filles*. Il y eut à Sparte des jeunes-gens qui portèrent ce nom; voici leur histoire.

Lacédémone fesait depuis quelques années une guerre opiniâtre aux Messéniens. Les Spartiates présumant qu'elle serait longue, craignirent que l'éloignement où ils étaient de leurs femmes, ne préjudiciât à la République, en l'exposant à manquer de nouveaux Citoyens: ils renvoyèrent à Sparte les jeunes-gens non mariés, & leur ordonnèrent d'avoir, indistinctemment, commerce avec toutes les filles. Cette commission fut si bien exécutée, que vingt ans après, Lacédémone se vit dans la nécessité d'expulser tous les enfans qui en étaient provenus; parce qu'étant en grand nombre,

dans le devoir. Il ſerait à ſouhaiter que la peine contre les ſéducteurs fût générale. Dans un pays où les Loix & la Religion défendent le divorce, il faut des remèdes extraordinaires : je ne connais perſonne de plus criminel & de plus mépriſable qu'une femme qui trompe ſon mari, ſi ce n'eſt ſon ſéducteur.

Choix des Gouvernantes. Leurs droits. Maîtreſſes des Exercices.

Article 40. L'eſpoir d'être Gouvernante, ou du moins d'enſeigner un jour les Arts aux filles, donnera du goût pour les exercices : ce reſſort ſera peut-être moins efficace pour contenir les Sujets, que les châtimens ; mais auſſi, il n'a aucun inconvénient.

& n'ayant aucun héritage à prétendre, ils troublaient la République. On les appela *Parthéniens*, du mot grec Παρθένος, fille, comme ne connaiſſant que leur mère, qui leur avait donné le jour étant fille.

Sort des Surannées.

Article 41. Il eſt important de ne point effrayer les filles, par la perſpective d'un avenir pénible.

Clôture. Filles devenues héritières.

Article 42. Les filles, une fois entrées dans la maiſon, n'en doivent jamais ſortir. On ne rencontrera donc plus dans les rues aucune fille publique; par conſéquent les honnêtes-femmes ne ſeront jamais priſes pour telles, & inſultées, qu'elles ne ſoient ſûres d'être vengées ſur le champ. On ôtera le ſcandale, que donnaient les Proſtituées, en ſe montrant. Un autre avantage, c'eſt que ſouvent les hommes éviteraient le crime, ſans l'amorce que leur préſentent les filles qu'ils rencontrent, & qui réveillent des deſirs aſſoupis. On ne craindra pas non plus les inconvéniens ſi fort à redouter, ſi la Proſtitution étant ſuprimée, les débauchés ne trouvaient aucun moyen de ſe livrer à leur panchant : ils auront dans les *Parthénions*, une reſſource toujours prête. L'Article excepte de la règle qu'il établit, celles qui ſe marieraient, & celles qui, devenues maîtreſſes d'elles-mêmes, par la mort de leurs parens, & héritières d'un bien ſuffiſant pour vivre, voudront aller le régir. Il n'y a rien-là que de juſte & de raiſonnable. Le pouvoir que la maiſon conſervera ſur elles, eſt néceſſaire pour les contenir, ou faire ceſſer les deſordres, que notre Établiſſement doit tous prévenir.

Filles qui voudraient changer de vie.

Article 43. Cet Article montre dans quel eſprit les Adminiſtrateurs doivent gouverner la maiſon, & la néceſſité de ne donner cette place qu'à des Citoyens vertueux : en tout emploi, l'honnête-homme fait preſque toujours bien, & le fripon toujours mal.

Parthénion *quand fermé.*

Article 44. De deux maux éviter le pire. N'écoutez pas les enthousiastes : ces sortes de gens parlent beaucoup; crient bien fort, & ne réfléchissent jamais. A Londres, où les Spectacles sont fermés les Dimanches, l'on s'ennivre, l'on joue, & l'on va chez *les filles de joie.* Il vaudrait beaucoup mieux ouvrir les Théâtres, & qu'on vît une pièce de *Shakespear* ou de *Dryden* : il serait plus honnête, sans doute, d'assister au *Caton d'Addisson*, que de croupir tout un jour à la taverne, ou de n'en sortir que pour se battre à coups de poing.

Communauté entre tous les Parthénions.

Article 45. Une maison de la Province, qui aura trop de Sujets, devra les envoyer à la Capitale, & ainsi de tout le reste, sans qu'une Adminiſtration particulière puiſſe s'y refuſer : on pourrait de même, changer les Sujets reçus dans une ville de Province, ou dans la Capitale, avec d'autres Sujets reçus dans un autre, pour éloigner les filles de leurs connaiſſances ; & cela deviendrait même abſolument néceſſaire pour la Province. La Capitale, manquant de Sujets, en tirera des *Parthénions* de Province, autant qu'il lui en ſera néceſſaire. On ſent pourquoi elle doit jouir de ce privilége.

[Un certain nombre d'hommes de la Capitale, beaucoup plus vils que les Proſtituées, perdra, au nouvel Établiſſement, le fonds de ſa ſubſiſtance. Ces infâmes ſont ordinairement les auteurs de pluſieurs meurtres ſecrets. Ils paſſent leur vie dans une crapuleuſe oiſiveté : tout leur talent ſe réduit à inſulter, à ſe battre enſuite lâchement & comme des aſſaſſins. Ils portent un nom, qui n'était pas autrefois une honte : *Machærophorus** ne ſignifiait autre choſe que *Gendarme* : mais ce mot, dont on a retranché les deux dernières ſyllabes, eſt bien avili depuis qu'il les caractériſe *].

* Μαχαιροφόρος, Porteur d'épée.

JE ne ſais ſi j'ai atteint mon but, en propoſant les XLV Articles du

(*) Voila l'éthymologie du vilain terme *Maqu*.....

Le Dictionnaire de l'*ENCYCLOPÉDIE* donne au mot *Put*.... une origine italienne, & le fait dériver de *Putana* : on pourrait tout auſſi bien dire qu'il ſort de l'eſpagnol *Puta* : dans la vérité, ni l'une ni l'autre de ces langues ne nous l'a fourni : il vient du français *Pute*, qu'on prononce encor *pout* ou *peut*, *peute*, en diverſes provinces; expreſſion formée du latin *Putidus*, puant, puante.

Règlement

Règlement que je t'ai envoyé, mon cher, & si je n'ai rien oublié d'essenciel. *Il n'apartient qu'aux hommes qui ont mérité quelque distinction dans le maniement des affaires, de prononcer* sur cet important objet; & j'attendrais respectueusement leur décision, si je le rendais public. J'ai tâché de ne pas perdre de vue cette maxime sage : *Le pouvoir des Loix ne va qu'à règler les passions, & non à les détruire.* Tu verras de ton côté, si j'ai satisfait à toutes les objections raisonnables que l'on pourrait faire.... Il est huit heures, je vole chez toi: adieu.

. . . .

Bon jour, mon bon ami, car ma montre marque trois heures du matin. J'ai ramené ton épouse & sa sœur de chez mon oncle à une heure : nous avons un peu causé, comme tu vois. Cependant je reviens à toi, & je veux fermer ma Lettre, avant de me mettre au lit.

Jamais partie bruyante ne m'a satisfait comme ce souper, tranquille, sérieux même, chez un Vieillard respectable, au milieu d'une famille sensée. La joie a brillé quelquefois; mais c'était la rire de la raison. Pour mon oncle, il était d'une humeur charmante. Je ne sais s'il s'est aperçu de ma passion pour Ursule; il m'a semblé que son enjouement était au gmenté du double, lorsqu'il a vu les égards, l'empressement que je marquais à cette fille aimable. Il lui adressait de tems-en-tems la parole, & toujours pour lui dire des choses flateuses. Je ne puis t'exprimer combien cette remarque m'a fait de plaisir : car, mon cher, quoique je ſois riche, & maître de moi-même, je ſens, depuis que j'aime Urſule, augmenter ma tendreſſe pour mes parens, & je ſuis charmé de ne rien faire qui ne leur ſoit agréable. Dès demain, je veux lui ouvrir mon cœur. Je n'attendrai pas ton retour, pour t'inſtruire de ce qu'il m'aura dit.

Je t'embraſſe mille fois, cher Des Tianges; mon amitié pour toi eſt ſi vive, que je ne crois pas que l'aimable, la tendre Adelaïde, te ſoit plus attachée que

D'ALZAN.

NEUVIÈME LETTRE.

Du même.

9 juin 176......

HIER dès le matin, je me rendis chez mon oncle, que je n'avais pas trouvé la veille : j'en fus reçu avec les démonstrations de la plus vive amitié. Après que nous nous fumes quelque tems entretenus des nouvelles du jour, & d'autres choses indifférentes, j'allais lui parler de ce qui m'amenait : il m'a prévenu. —Vous avez vingt-cinq ans, mon neveu, m'a-t-il dit: il est tems de faire un choix. A votre âge, on n'est plus novice, on connaît le monde, les travers qu'il faut éviter, aussi-bien que les vertus sociales qu'il faut acquérir : vous n'êtes pas, j'eſpère, aſſez idiot, que de vous laiſſer prendre uniquement à deux beaux yeux, & je vous crois trop raiſonnable, pour ne pas chercher dans l'objet de votre choix, des avantages plus ſolides—. Ce préambule m'a ſurpris, & j'ai voulu l'intérompre : il m'a fait ſigne de l'écouter juſqu'au bout. —Lorſqu'on ſe marie, c'eſt un engagement durable que l'on contracte, & qui ne reſſemble pas à ces petites avantures que vous avez eues de tous côtés : (il m'a fait une longue énumération de mes maîtreſſes connues, &, à mon grand étonnement, il a fini par la D***.) il faut qu'un honnête-homme aime ſa femme, & n'aime qu'elle. J'ai des vues ſur vous, mon cher D'Alzan : mais je voudrais bien auparavant, être ſûr que vous aurez pour celle que je vous destine, les sentimens qu'elle mérite d'inspirer. Elle est belle, riche, & par-dessus tout cela vertueuse, modeste, raisonnable. J'ai connu sa mère. J'en fus amoureux lorsque nous étions jeunes tous deux, & libres : un autre l'emporta sur moi ; il sut lui plaire davantage. J'en ressentis la plus vive douleur ; mais enfin, je ne m'en pris qu'à moi-même ; & je renonçai dès-lors à contracter un lien, qui ne pouvait être heureux qu'avec elle. Mon estime & mon respect pour cette femme aimable ne diminuèrent point : je cessai pourtant absolument de me trouver où j'aurais pu la voir. Elle devint veuve : lorsque son deuil fut passé, que je crus ses larmes séchées, j'allais lui offrir ma main, & la prier de consentir que je servisse de père à ses enfans. Sa mort, arrivée il y a quelques années, m'enleva cette douce espérance. Vous jugez que ce fut un coup bien sensible pour moi. Elle laissait deux filles, riches, & sous un sage Tuteur. En les voyant croître, je songeais à vous. L'aînée surtout, qui vient d'épouser un de nos Confrères, vous aurait fort convenu : mais son mariage s'est conclu si promptement, que je n'en fus instruit que dans un tems où les choses étaient trop avancées. Grâces au ciel, la cadète n'est inférieure à cette aînée ni en mérite, ni en beauté, & j'ai voulu m'y prendre de bonne heure, afin de n'être pas une seconde fois prévenu. Je passai hier tout le jour chez monsieur *Laurens* mon ami, beau-père de cetre aînée, & Tuteur des deux sœurs : je lui ai fait part de mes vues; nous avons été ensemble sur le champ au Couvent de la jeune personne. Monsieur *Laurens* lui a expliqué le sujet de notre visite, & lorsqu'il a nommé mon neveu, cette aimable fille a prodigieusement rougi : elle était, dans ce moment, plus belle qu'un ange : je n'ai pu m'empêcher de m'écrier, *Que ce coquin de D'Alzan est heureux !* La jeune Demoiselle ne nous a pas donné de réponse positive : mais (& notez cela) elle nous a renvoyés à sa *chère sœur*, dont elle nous a dit qu'elle suivrait les ordres en tout. A l'air de satisfaction qui règnait sur son visage, nous nous sommes aperçus que notre proposition ne lui déplaisait pas. Nous allons aujourd'hui chez la sœur.... —Pardon, mon cher oncle, ai-je intérompu ; mais je crois la démarche assez inutile : je suis au desespoir de vous l'avouer, nos vues ne s'accordent pas : j'aime, si ce terme peut exprimer tout ce que m'inſpire une jeune perſonne, à laquelle preſque tout ce que vous venez de dire convient parfaitement, mais qui n'eſt pas elle. Je le répète, mon cher oncle, ou plutôt, mon père, puiſque vous daignez m'en tenir lieu depuis ſi longtems, ma peine eſt extrême, de ne pouvoir dans cette occaſion vous prouver ma déférence à vos moindres volontés : mais vous ne ſerez pas inexorable, puiſque vous avez aimé. —Serait-ce la D***, a repris mon oncle avec humeur, qui te fait tenir ce langage ? Si je le croyais.... Mon cher fils, au nom de Dieu, penſe que tu ne peux aimer cette femme mépriſable huit jours encore, euſſes-tu le fond de la plus tenace conſtance.... —Vous me faites tort, Monſieur, ai-je repliqué : je ne vois pas la D*** : je ne la vois plus du tout, depuis que je connais l'objet touchant dont je suis charmé. —En ce cas.... Vous avez raison : ce que j'ai dit ne pouvait convenir à madame D***. J'aurais cru que celle que je vous propose.... —Mon oncle, elle peut être charmante, mais je suis prévenu, je vous l'ai dit. —Elle *peut être charmante !* En vérité D'Alzan, vous êtes incompréhensible : toujours empressé auprès des femmes, dont vous dites pis que pendre en les quittant, l'on vous voit leur prodiguer l'encens & les adulations : comment ne s'y tromperaient-elles pas, elles que leur vanité rend crédules, je m'y trompe moi-même, lorsque je vous vois? Par exemple, l'autre jour, vous étiez chez moi, avec la jeune personne dont je viens de parler, j'aurais juré que vous l'aimiez; & même, je le fis entendre

à madame Des Tianges ſa ſœur....
—Que me dites-vous ? Madame Des Tianges ! celle que vous me donnez eſt la ſœur de madame Des Tianges ! —Oui ; que trouvez-vous donc là de ſurprenant, de merveilleux.... Mais que veulent dire tous ces tranſports ? (j'étais à ſes genoux, mon bon ami ;) Ah ! Monſieur, me ſuis-je écrié ; c'eſt elle que j'aime—. Imagine-toi, mon ami, les différentes ſituations par où j'ai ſucceſſivement paſſé ; mes tranſes, mes alarmes ; & la joie que tout-d'un-coup j'ai reſſentie. La cauſe de mon erreur, eſt ce nom de *Laurens* que mon oncle donnait à ton père, ſous lequel il n'eſt connu de perſonne, & dont tu ne m'as jamais parlé. La ſatisfaction de monſieur *De Longepierre* était auſſi vraie & paraiſſait preſqu'auſſi vive que la mienne. Il me la montrait de mille

manières; il prétend m'assurer tout son bien après sa mort, & me faire dès-à-présent un don considérable: il nomme Ursule sa fille; notre union lui fera retrouver le bonheur dont il fut privé.

Nous sommes convenus que j'irais chez madame Des Tianges, pour la prévenir sur la visite de monsieur *De Longepierre:* comme j'ai fait réflexion qu'il était encore trop tôt, je me suis rendu chez moi; & je t'écris en attendant le moment d'aller aprendre ces bonnes nouvelles à ma première amie. Je la crois déja instruite de la démarche que mon oncle fit hier auprès d'Ursule avec ton père.... Mon ami, comme le cœur me bat! Il me semble que je vais aprendre à madame Des Tianges que j'aime Ursule.... A ce que j'éprouve, on dirait que je crains.... Aimable timidité!... elle me prouve, mon cher, que j'aime mademoiselle *De Roselle* comme il convient de l'aimer. L'heure n'arrivera pas : ma montre est arrêtée je crois... Je te quitte. . . . . .

. . . .

Ah! Des Tianges! Des Tianges!... regarde. . . . quel Billet!... il est de ton épouse!

BILLET
de M.me Des Tianges à D'Alzan.

*Vous êtes pour moi, Monsieur un être indéfinissable : vous faites faire auprès d'Ursule une démarche d'éclat, par votre oncle & par le père de votre ami; vous me témoignez à moi-même la tendresse la plus vive pour ma sœur; & tout cela dans le tems qu'une intrigue criminelle & deshonorante vous lie avec. . . . le dirai-je, Monsieur? avec la D***;*

avec une ſemme perdue, & qui ſerait fâchée qu'on en doutât. Ah D'Alzan! Adelaïde ne vous aurait pas cru double, ſcélérat, ſéducteur : elle ne vous ſupoſait que faible, léger, gâté par le ſiècle.... Ingrat! fallait-il choiſir la ſœur de monſieur Des Tianges, de votre ami, pour la malheureuſe victime de votre hypocriſie! La pauvre Urſule!... vous ne méritez pas les larmes qu'elle va répandre.... Écoutez-moi, vous qui les cauſerez; vous, qui trahiſſez ma confiance & mon amitié, celle de mon époux, ce qu'il y a de plus ſacré parmi les hommes, puiſque vous abuſez de l'amour; ne paraiſſez jamais devant Urſule ou devant moi : je vous le demande comme une grâce; & ſi cela ne ſuffiſait pas, je vous le défens.... pour toujours.

ADELAIDE DES TIANGES.

Mon cher bon ami!... je mourrai avant ton arrivée..... Urſule va me croire faux, vil... Ma conduite paſſée ne la raſſurera pas.... Des Tianges! je donnerais tout mon ſang..... Cependant..... oh! cette idée me tue... Un moment... qu'Urſule me croye un moment... Ecris leur... hâte-toi de leur écrire, & de me juſtifier.... Je ſuis innocent, tu le ſais; mais elles refuſeront de m'entendre.... Madame Des Tianges... Eh! c'eſt ſa vertu... l'amitié... qu'elle croit trahie... qui va me fermer l'entrée... m'ôter tout accès.... Urſule.... Mon ami, je ſuis ſaiſi... Ma main, tout mon corps, éprouvent un tremblement ſi violent.... je ne ſaurais écrire davantage. Adieu... adieu, cher ami.

D'ALZAN.

DIXIÈME LETTRE.

De M.sieur D'ALZAN DE LONGEPIERRE, à DES TIANGES.

Même jour, le soir.

JE vous écris à la hâte, Monsieur, bien triste, bien affligé; votre famille & la mienne environnent le lit de monsieur D'Alzan, de votre ami, de mon pauvre neveu Il s'est trouvé mal, ce matin, à dix heures. Vous connaissez cette impudente madame D***; c'est elle, ce sont ses noirceurs qui l'ont réduit dans l'état où il est.

Il n'y avait pas deux heures qu'il m'avait quitté : nous étions convenus de nous trouver chez vous. Je m'y rends; je suis étonné de ne l'y pas

pas voir, & plus encore du froid de l'accueil de madame Des Tianges, que je croyais qu'il avait instruite de notre conversation du matin. Je le demande, après les premiers complimens. Votre épouse me répond, qu'elle ne croit pas que monsieur D'Alzan doive revenir chez elle. Je demeure confondu : je presse madame Des Tianges de m'en aprendre davantage. Elle me prie de l'en dispenser, & me renvoye à mon neveu, qui m'instruira, ajoute-t-elle, beaucoup mieux qu'elle ne le pourrait faire. Déja troublé par un évènement aussi peu attendu, je vole chez votre ami, & je le trouve.... hélas ! je n'ai pas eu la force de prononcer une parole : l'état où je l'ai vu, m'a saisi. Il rentrait : la porte de madame Des Tianges venait de lui être refusée : l'égarement de sa raison se peignait dans ses regards....

Il ne me reconnaissait pas, il ne me voyait pas! joignez à cela une fièvre brûlante, des sanglots, de longs soupirs; c'est le tableau de sa situation. J'ai moi-même aidé à le porter dans son lit. Au bout de quelques momens, il m'a reconnu; il m'a serré la main, mais il ne me disait rien encore: j'ai vu dans ses yeux, qu'il cherchait quelque chose: j'ai regardé où il les portait; apercevant une Lettre toute ouverte sur son bureau, qu'il paraissait fixer, je l'ai prise: elle ne m'a que trop instruit. J'ai demandé au pauvre malade, si c'était là ce qui l'avait mis dans un état si violent? Il m'a fait signe que oui: je l'ai assuré que je pouvais le justifier dans l'esprit de madame Des Tianges & de sa sœur. Cette promesse a fait quelqu'impression sur lui. Il m'a parlé. —Ah! courez-y, mon cher oncle, m'a-t-il dit, d'une voix faible, & rendez-moi la vie, s'il en est tems encore : il faut absolument que je les voye toutes deux ; que je leur parle, & que je meure, si je ne puis les persuader de mon innocence.

Je n'ai pas différé d'un moment. En entrant chez vous, j'ai surpris étrangement madame Des Tianges : —Sauvez mon neveu, madame, me suis-je écrié : votre Billet l'a mis dans un état qui va vous épouvanter : amenez avec vous mademoiselle *De Roselle* ; il veut vous parler à toutes deux, détruire les calomnies dont on l'a noirci, ou mourir : je vous réponds de son innocence : on vous a trompée : venez, je vous en conjure ; je vous éclaircirai sur tout cela—. Je m'exprimais avec tant de véhémence, que je ne m'apercevais pas de l'impression que fesait mon discours ſur l'aimable madame Des Tianges: elle était pâle & tremblante. —Eh Seigneur! qu'eſt-il donc arrivé, m'a-t-elle dit? Allons, Monſieur, partons; allons partout où vous voudrez. Montons dans votre voiture, & prenons ma ſœur en paſſant—. En chemin, elle m'accablait de queſtions; j'y ſatisfeſais de mon mieux; en égard au trouble où je me trouvais. Elle m'a parlé de la D***; elle m'a dit que cette femme était venue la trouver elle-même; que pour apuyer ce qu'elle lui avait avancé, elle avait montré les Billets de mon neveu, dont le dernier, conçu en termes fort clairs, était daté de la veille. Je l'aſſurai que la date avait été altérée, ou que le Billet lui-même était entièrement ſupoſé. Je lui racontai ce qui s'était paſſé entre D'Alzan & moi le matin. Là-deſſus nous ſommes arrivés au Couvent de mademoiſelle De Roſelle. Madame Des Tianges l'a prevenue en peu de mots. Dans mon malheur même, j'ai reſſenti un mouvement de joie; car j'ai cru m'apercevoir que mon neveu n'aime pas une ingrate.

Dès que nous avons paru dans la chambre de D'Alzan, il a prié qu'on le laiſſât ſeul avec nous.... Je ne puis me rapeler ce qui vient de ſe paſſer, ſans répandre des larmes.... Mon neveu s'eſt entièrement juſtifié.... L'aimable épouſe de monſieur Des Tianges & la belle Urſule n'ont rien omis pour le conſoler.... Que je ſuis touché! quand j'y penſe.... Si mon cher D'Alzan en revient (car il ne faut pas vous cacher que les Médecins n'oſent pas encore répondre de lui): s'il en revient, dis-je, comme je l'eſpère des tendres ſoins & des bontés des deux ſœurs, il regardera cet accident comme un bonheur. Il a voulu ſe diſculper entièrement, quoique mademoiſelle De Roſelle & madame Des Tianges elle-même l'en diſpenſaſſent : il a montré la Lettre que la D*** lui écrivit en réponſe de ſon Billet, & la date précède de près d'un mois votre départ pour Poitiers.

Les domeſtiques de mon neveu ont mis l'alarme dans toute notre famille; on accourt de tous côtés. A quoi ſert cet empreſſement : toutes les viſites que ſouhaitait D'Alzan, ſe réduiſaient à deux; les autres ſont incommodes, & je vais l'en débaraſſer. . . . . .

10 heures du ſoir.

Je viens de voir mon neveu : tout le monde eſt ſorti, à l'exception de celles qui lui ont rendu la vie. Dès qu'elles paraiſſaient s'éloigner, les convulſions qui l'avaient pris le matin, revenaient avec violence. Les deux aimables ſœurs ſe ſont aſſiſes de chaque côté de ſon lit ; la joie que leur chère préſence lui cauſe, a calmé ſes ſens trop agités ; il vient de s'aſſoupir, & les Médecins répondent de lui. A la première aſſurance qu'ils en ont donnée, madame Des-Tianges a tiré avec vivacité un diamant de ſon doit, & l'a fait accepter à celui qui venait de parler. Vous jugez combien ce petit tranſport m'a cauſé de plaiſir. Ce ſera la première choſe que D'Alzan aprendra à ſon réveil. Je me ſens bien conſolé, monſieur, d'avoir quelque choſe de mieux à vous annoncer en finiſſant. Je ſuis très-parfaitement, &c.

Des Tianges de Longepierre.

ONZIÈME LETTRE.

De D'ALZAN,

à DES TIANGES.

13 juin.

NOUS recevons ta Lettre à présent, mon bon ami, & j'obtiens de madame Des Tianges d'y faire réponse moi-même. Cela te convaincra mieux que toute autre chose, de l'efficacité de ses soins, & de ceux de ma belle, de ma tendre, de mon adorable épouse.... Non, cher frère, rien ne pourra desormais séparer D'Alzan de cette Ursule qu'il adore: hier matin, nous prononçames le serment sacré qui nous lie pour toujours l'un à l'autre : j'allais beaucoup mieux; on aurait pu t'attendre ; mon oncle, tes parens & les miens en étaient d'avis; mais Adelaïde a voulu qu'on nous unît dans ma chambre. Quel bienfait! & que la main dont je l'ai reçu m'eſt chère! Toute ma vie, je regarderai madame Des Tianges comme une ineſtimable amie, comme une tendre ſœur, une mère adorée, ma divinité tutelaire. Et mon épouſe? Ah! Des Tianges! mon cœur nage dans une mer de volupté. O bonheur c'était auprès d'elle, ſur ce ſein d'albâtre que tu ſommeillais en m'attendant. Depuis notre mariage, tout change en mieux. On me croit malade encore; & moi, je ſens que jamais je ne me ſuis auſſi bien porté. J'ai deſiré, avec toute l'ardeur dont je ſuis capable, la main de mademoiſelle De Roſelle: depuis que je l'ai obtenue, je ſens ma félicité plus vivement encore que je ne l'ai deſirée. C'eſt, mon bon ami, que je ne connaiſſais pas tout le mérite, tout le prix de celle que j'idolâtrais. O femmes! êtres enchanteurs, vous tenez ſans doute le milieu entre la divinité & nous! qui n'a pas ſu vous plaire, qui n'a pas été aimé de vous, n'a pas vécu : il a végété; mais la vie, la douce chaleur de la vie, jamais, jamais il ne l'a ſentie. Comment ſe trouve-t-il des hommes, qui craignent cette union délicieuſe de deux âmes étroitement unies par les mêmes affections, les mêmes biens, par ces êtres innocens qui leur doivent le jour, en un mot, par les Loix les plus ſaintes de la ſociété! s'ils pouvaient ſe former une idée de ce que j'éprouve.... de ce que nous éprouvons tous deux, cher Des Tianges, ils renonceraient bientôt à une erreur qui les rend malheureux.

Cette Lettre ne te trouverait plus à Poitiers, je l'adresse au Maître de Poste à *Blois.* Ton impatience obligeante nous a fait à tous le plus grand plaisir. Il est bien flateur, pour ton épouse & pour ton ami, d'aprendre, que tu *ne peux attendre* un jour, *un seul jour de plus pour être informé de leur situation.* Elle est heureuse, cher Des Tianges : tu ne verras ici, à ton arrivée, que les signes de la joie la plus vive : viens, ton épouse....

De Madame DES TIANGES.

ne ta jamais tant desiré, mon aimable mari. Viens me dédomager de tous les chagrins que ma causés ton ami. Il est heureux, à présent : mais si tu l'avais vu.... C'est un enfant, & je lui pardonne tout. Je n'en avais pas pour un à consoler ; ma ſœur auſſi ſe deſeſpérait, quoiqu'en ſe cachant. Ils m'ont bien fait de la peine, & ſi je les aime, comme auparavant, de tout mon cœur. Adieu, mon ami. Si j'avais le ſort de cette Lettre, je t'embraſſerais un jour plutôt.

ADELAIDE DES TIANGES.

De Madame D'ALZAN.

J'arrive bien à propos, frère chéri, pour me juſtifier des crimes dont ma ſœur m'accuſe auprès de vous. *Je lui ai fait de la peine!* moi! elle peut vous l'écrire! Eh bien, elle vous trompe, croyez-m'en. L'on ne chagrine jamais, je penſe, ceux que l'on aime, ou bien c'eſt malgré ſoi; & pour lors, ils doivent le pardonner. Non, je ne pourrais ſuporter l'idée d'avoir cauſé un inſtant d'ennui à mon adorable ſœur. Ma chère

Adelaïde me rend tout ce que je perdis, lorſque le ciel nous enleva nos parens. L'*avoir affligée!* ah jamais, jamais je ne l'ai voulu. Que ſerait-ce ſi je vous diſais.... Elle m'empêche d'écrire; elle ne veut pas que je diſe.... Eh bien, je me tais....

Je ſuis bien contente de quelqu'un que vous aimez : on a pour ma ſœur & pour moi, les ſentimens que je deſirais : le don de tout mon cœur, de toute ma tendreſſe en eſt le prix. Perſonne après ma ſœur.... Elle ne me regarde plus : aprenez que c'eſt moi qui la conſolais : elle ne pouvait ſe pardonner.... Elle revient.... Perſonne, après ma ſœur, ne vous eſt auſſi ſincèrement attachée

qu'URSULE D'ALZAN.

De D'ALZAN.

Elles m'ont arraché la plume, mon cher; nous nous diſputons le plaiſir de causer avec toi. Cette Lettre t'en sera plus agréable, puisque tu viens d'y voir les caractères chéris de celle qui te rend le plus fortuné des époux. Pour te prouver que je me porte aussi bien qu'on le puisse, après une commotion assez violente, je veux profiter du tems où une visite les oblige à me laisser seul, pour t'achever mon Projet. Tu t'amuseras à vérifier mes calculs dans ta chaise: aussi bien je doute que tu puisses en trouver le moment, lorsque tu seras avec nous.

§ V.

Compensation du Produit des différentes Classes, avec les Charges des Parthénions.

Il paraît assez probable que le nombre des filles tant *Publiques* qu'*En-*

tretenues, peut ſe monter dans le Royaume, à 30,000 : 20,000 dans la Capitale, & 10,000 dans les Provinces : mais je n'aſſeoirai pas mon Établiſſement ſur un nombre ſi conſidérable. Supoſons ſeulement qu'il y ait, dans la ville de Paris, *douze mille filles* tant *Publiques* qu'*Entretenues* ; environ la moitié dans le reſte du Rōyaume. Malgré le bien-être que l'Établiſſement propoſé procurera aux *Parthéniennes*, je ne doute pas que la défenſe de ſortir de la maiſon; l'impuiſſance où ſeront les filles, de ſe livrer à des débauches qui ſont les funeſtes accompagnemens de la Proſtitution, ne réduiſent-là le nombre de ces infortunées : j'en ôterai même encore 1,000, pour mettre toutes choſes au taux le plus bas : nous aurons donc, dans toute l'étendue du Royaume, *dix-ſept mille filles*, qui pourront être placées dans les *Parthénions.*

Il eſt prouvé par les nouvelles *Recherches ſur la Population de Monſieur Meſſence* (*), qu'à peine le tiers des hommes atteint *quarante-cinq ans*. Cette règle générale doit être en proportion double, pour les filles publiques. Ainſi, lorſqu'on aura fait le choix des deux claſſes des *Surannées*, comme le preſcrit l'Article XXXIII, il reſtera tout-au-plus *mille* filles dans toute l'étendue du Royaume, à charge à l'Établiſſement. Et nous en aurons, qui chaque jour produiront un revenu, qui excédera leur dépenſe plus ou moins,

(*) *Paris*, *in-4*. Durand neveu, rue Saint-Jacques.

SAVOIR;

SAVOIR;

RECETTE.

SURANNÉES...... à 6 *sous*,
500 (employer 400) par jour, 120 l.

Surannées.............. à 12 *sous*,
730 (employer 600)......... 360 l.

Le I.er Corridor:

à { 18 f. n.° 2. / 1 l. 4 f. n.° 1. } 3000 (employer 2000)...2,100 l.

Le second:

à { 1 l. 16 f. n.° 2. / 2 l. 8 f. n.° 1. } 3900 (employer 2000)...4,200 l.

Le troisième:

à { 3 livr. n.° 2. / 3 l. 12 f. n.° 1. } 4000 (employer 2000)...6,600 l.

Le quatrième:

à { 4 l. 16 f. n.° 2. / 6 livr. n.° 1. } 3000 (employer 1500)...8,100 l.

Le cinquième:

à { 12 livr. n.° 2. / 24 livr. n.° 1. } 1700 (employer 1000)-18,000 l.

Le sixième:

à 96 livres.... 170 (employer 85)...8,160 l.

Total..(par jour)...9585 filles produisent.............47,640 l.
(par an)......................17,388,600 l.

Nota Benè. Comme les *Filles entretenues* des deux derniers Corridors sont à une taxe beaucoup plus basse, on ne parle ni des *Nuits* ni des *Amendes*, qui sont un objet de Recette bien supérieur à cette diminution.

DÉPENSE. L'ENTRETIEN de chacune des filles, des six Corridors, pourra se monter, par année, pour les habillemens,

(*à Paris*) à..........500 liv. qui feront par an la somme de........................7,885,000 l.

Celui des *Surannées* choisies, à......................300 liv........ 369,000 l.

La nourriture des Filles, Gouvernantes & Maîtresses pour les Arts (par jour) à 1 livre, 17,000 personnes (par an)... 6,241,500 l.

L'entretien ordinaire des Bâtimens dans tout le Royaume, 50,000 l.

Total.................. 14,545,500 l.

N. B. On ne fait aucune diminution pour les *Filles entretenues* que leurs amans pourraient habiller, nourrir, &c.

L'habillement & la nourriture des Ouvriers & des Ouvrières, seront compensés par leurs ouvrages. C'est par cette raison que je n'ai point fait entrer ce produit dans l'Article de la *Recette*. Par la même raison, je n'ai fait aucune mention de l'achat des fils, soies & laines nécessaires pour les manufactures des étofes, & la façon des habits. Cela doit se trouver suffisamment compensé par la diminution considérable qu'aportera dans le coût des habillemens l'épargne des façons, & la fabrication des Étofes.

Il est bon de remarquer, qu'on n'emploie que *9,585* filles sur *17,000*: cependant, au moyen que l'Établisſement ſera preſqu'également compoſé de *filles entretenues* & de *publiques*, il y aura beaucoup plus de revenu que je n'en aſſigne; & l'on peut regarder le total de la *Recette*, comme étant un tiers plus bas qu'il ne montera communément; tandis que celui de l'*Entretien* ordinaire eſt ſupoſé auſſi haut qu'il peut aller dans des maiſons où la multitude des bouches diminuera néceſſairement la dépenſe de chaque individu.

Par conſéquent, il devra reſter à l'Établiſſement, toutes les dépenſes prélevées, une ſomme beaucoup plus forte que celle de . . *2,743,1000 l.* qui ſe trouve ſurpaſſer la dépenſe dans mon hypothèſe.

Surquoi l'on ſe fournira de remèdes pour les malades, l'on payera les mois de nourrice, l'on mariera les filles nées dans la maiſon qui pourront l'être, & l'on entretiendra les *Surannées* inutiles.

9,585 filles pourront donner, année commune, 4,000 enfans, qui vivront *1 an:* (on voit que ce n'eſt qu'un à-peu-près; car de ces mille enfans qui mourront dans l'année, beaucoup ne vivront qu'un jour, d'autres une ſemaine, un mois &c.) *trois mille* qui vivront *trois ans* (& c'eſt beaucoup); & *deux mille* qui parviendront à l'*adoleſcence* : à *ſix livres* par *mois* chaque enfant, la *première année*, les *Parthénions* de tout le Royaume ſeront chargés de *288,000* livres: la ſeconde année, de la *moitié en ſus*, ou *450,000* livres environ; la *troiſième année*, d'environ *576,000* livres; au bout de *8 ans*, d'environ *1,200,000* livres: le taux de cette charge reſtera, à-peu-près, à *1,500,000* livres;

puisqu'à mesure que les enfans grandiront, ils cesseront d'être à charge à la maison, soit en en sortant, soit par leur travail. On prend encore ici le tout au pis; car l'on supose qu'il ne se trouvera aucun père qui fasse élever ses enfans. Il resterait donc dans cette dernière hypothèse, *1,243,100* livres, pour les Surannées & les mariages. Mais j'ai prouvé que l'excédent de la Recette doit être bien plus considérable.

Résumons : voila donc un moyen presqu'infaillible d'anéantir le *levain vénérien*, de chasser de l'Europe ce monstre qui n'était pas fait pour notre climat : de diminuer le scandale de la Prostitution : d'arrêter dans sa marche l'indécence des mœurs; & par surérogation, de mettre dans l'État une pépinière de sujets qui ne lui feront pas directement à charge, & fur lefquels il aura une puiffance illimitée, puifque les droits paternels & ceux du Souverain fe trouveront réunis.

Je le répète ; l'on n'exécuterait pas ce Projet fans quelques inconvéniens : la Proftitution, qui n'eft que tacitement tolérée, paraîtrait autorifée. Cet inconvénient inévitable eft-il bien réel ? & s'il l'eft, ne fe trouve-t-il pas fuffifament compenfé ? L'on opérera un bien effectif, & le mal ne fera, pour ainfi dire que de fpéculation. D'ailleurs, où ne fe rencontre-t-il pas d'inconvéniens ? qu'on me cite une entreprife, une loi, même celle du pardon des injures, cette loi fi fainte, qui mit *Socrate* audeffus de tous les hommes, & dont un Dieu nous a donné des modèles plus héroïques

& plus respectables encore (*) ; qu'on m'en cite une, qui n'ait pas les siens, & dont on ne puisse pas quelquefois dire :

Quàm mala sunt vicina bonis ! errore sub illo
Pro vitio virtus crimina sæpè tulit *.

* Ovid. de Remedio, vv. 323-4.

. . . .

(*) *Cratès* de Thèbes, disciple de Diogènes le cynique, a donné un bel exemple de modération, que les Chrétiens ont rarement imité : Un certain *Nicodrome* lui appliqua un soufflet avec tant de violence, que sa joue enfla : Cratès se contenta de faire écrire au bas de la joue malade : C'EST DE LA MAIN DE NICODROME ; *Nicodromus fecit* : allusion plaisante & tranquille à l'usage des Peintres. Ce fut ce Cratès pauvre, contrefait, que la célèbre *Hipparchia* ne rougit pas d'aimer, après qu'il eut vendu tout son bien, dont il avait jeté le prix dans la mer, en s'écriant : *Je suis libre.*

Madame des Tianges me gronde, mon cher : elle me dit que je ne devais pas écrire ſi long-tems : mon aimable épouſe ſe joint à ſa ſœur : je tremble de les fâcher : je vais fermer ma Lettre. . . . .

En ce moment, on entendit dans la cour le bruit d'une chaiſe : Madame Des Tianges s'empreſſe d'ouvrir une croiſée : — *Le voila, ah ! le voila !* s'écrie-t-elle. Et ſans s'expliquer davantage, elle vole au devant de ſon époux.

Monſieur Des Tianges, effrayé par la Lettre de l'oncle de ſon ami, avait trouvé le moyen d'avancer ſon retour. Il eſt impoſſible de peindre la joie que cauſa cette heureuſe arrivée : elle fut d'autant plus vive, qu'elle ſuccédait à la douleur la plus amère. L'amour, l'amitié & la reconnaiſſance accueillirent Des Tianges : il vit ſon cher d'Alzan, auſſi heureux que lui-même ; il le voit encore ſuivre le ſentier de la vertu, aimer conſtamment ſon épouſe, & mériter ſon bonheur.

Fin de la première Partie.

LE
PORNOGRAPHE,
OU LA
PROSTITUTION
RÉFORMÉE.

SECONDE PARTIE,

contenant les NOTES.

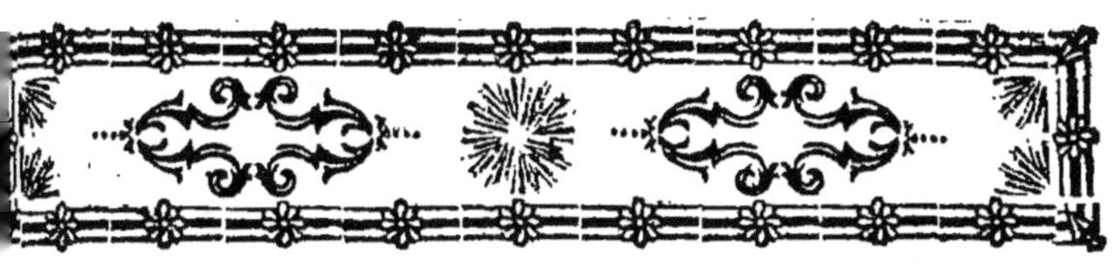

NOTES.

(A)

(A) I Part. pag. 48.

ÉTAT
DE LA PROSTITUTION
CHEZ LES ANCIENS.

On se tromperait beaucoup, en s'imaginant que la débauche ou le goût du plaisir furent les premières causes de la *Prostitution*. Cet état, aussi vil parmi nous, que malheureux & corompu, eut une origine moins criminelle que ses effets. Il n'est aucune des fausses Religions qui ne l'ait admise dans son culte*: elle a précédé les sacrifices de sang humain, bien plus atroces qu'elle. Jamais les hommes ne furent assez dépravés, pour croire que le crîme pût honorer la Divinité : la *Prostitution* ne fut donc pas d'abord une débauche, mais une

* *Voyez* les Religions du Monde d'Alexandre Ross.

conſécration du premier inſtant de l'exiſtance de la nouvelle créature à laquelle on donnait l'être. La *population* fut le ſecond motif de l'ancienne *proſtitution* des filles, & même des femmes. Tel était au-moins celui de la *communauté* des Lacédémoniennes; & dans la ſuite, le but de cette loi de *Jules-Céſar* non publiée, qui devait permettre aux femmes *de ſe donner à autant d'hommes qu'elles voudraient*. Mais une pratique de dévotion telle que la *Proſtitution* devait dégénérer aſſez vîte. C'eſt ce qui arriva. Les Prêtres d'abord en abuſèrent pour aſſouvir leurs paſſions. On vit naître enſuite ces infâmes coutumes, de ſe proſtituer pour l'entretien d'un Temple, ou pour ſe former une dot: on vit les hommes ſe mutiler, & heurter ainſi de front le but du culte primitif: bientôt le ſang humain coula, & l'on ôta la vie aulieu de la donner. Voila comme les deux extrêmes ſe touchent: nos Moines furent établis pour être pauvres, humbles, mortifiés, chaſtes.

LA *Proſtitution* proprement dite, qui ſuccéda à la *Proſtitution religieuſe*, ne dut exiſter que parmi les nations policées, où les deux ſexes ſont à-peu-près également libres: car chez celles où le ſexe le plus faible eſt eſclave, le plus fort le fait ſervir à ſes plaiſirs, à ſes caprices; mais on ne peut pas dire qu'une femme, contrainte par la néceſſité, ſe proſtitue. Elle n'eſt point en outre au premier venu; elle ne reçoit la loi que d'un ſeul; une pièce de monnaie n'eſt pas le motif qui la détermine: ſon état eſt donc moins vil; elle peut avoir le cœur pur, & conſerver une âme chaſte. Il ne s'eſt par conſéquent jamais trouvé beaucoup de *proſtituées* dans les pays connus aujourd'hui ſous les noms de *Turquie*, de *Perſe;* je ne vois nulle part qu'il y en ait eu à la *Chine;* & ſi dans quelques cantons des *Indes* les femmes ſe ſont proſtituées, c'était un acte de religion, & non un commerce infâme. Je ne préſume pas qu'on ait vu ſouvent des *filles publiques* dans les deſerts de l'*Arabie;* il faut un luxe, du ſuperflu chez une nation, pour qu'il s'y rencontre un nombre de ces malheureuſes. Je ſais que dans les contrées les plus pauvres, il a pu arriver que des femmes libres, ou des esclaves échapées & fugitives; se soient abandonnées à tous les hommes qui leur témoignaient des desirs. Dans la terre de *Canaan*, elles s'établissaient tantôt sur la voie publique, & tantôt dans l'enceinte des villes. Elles gardaient une sorte de pudeur; car souvent elles étaient voîlées de manière à n'être pas reconnues: dans certaines occasions, elles allaient de nuit se coucher aux pieds de ceux qui reposaient à la campagne durant les récoltes; elles y restaient timidement jusqu'à ce qu'elles fussent aperçues. La *Bible*, qui nous donne en passant & à l'occasion de certains faits importans qu'elle rapporte, des lumières sur les *Prostituées* des premiers tems, nous en fournit encore sur les mœurs de celles qu'on voyait à Jérusalem & dans tout le pays d'*Israèl*, sous les Rois successeurs de *David*. Il paraît que celles-ci, étaient de ces femmes que le tempérament entraîne: elles recherchaient les hommes les plus vigoureux: cela n'empêchait pas qu'elles n'exigeassent un prix souvent très-considérable [ceci prouve qu'elles étaient en petit nombre]

bre] *Il n'est point de Prostituée*, dit Ézéchiel, *qui n'exige son payement.* Les noms qui répondaient, chez les Arabes, à ceux de *Laïs*, *Thaïs*, *Chioné*, *Phryné*, des Grecs; *Quartilla*, *Lesbia*, *Gallia* des Romains, étaient אהלה *Aholah*, אהליבה *Aholibah*; il faut convenir que ces noms sont très-expressifs. Quant à la prostitution des jeunes filles *Madianites* dans le desert, on ne doit la regarder que comme une tentative politique, mise en usage par un peuple qui se sent trop faible, pour adoucir le plus fort. C'est ainsi que souvent les Nations infortunées du Nouveau-monde ont offert la jouissance de leurs femmes & de leurs filles aux Européens qui les épouvantaient: ainsi de nos jours le triste Lapon, honteux de sa petitesse, engage l'étranger qu'il reçoit à lui procurer des enfans d'un espèce moins faible & moins imparfaite.

On doit distinguer chez les anciens Grecs quatre sortes de *filles publiques*; les *Prostituées communes*, logées dans des maisons obscures, & que les hommes allaient voir en secret. Les *filles dressées à la prostitution* par le *Mastropos* ou *Lénon* qui les avait achetées, dont elles étaient les esclaves, qui trafiquait de leurs appas, & qui les louait ou vendait à ceux qui en voulaient. Les *Prêtresses consacrées au culte de Vénus*, qui offraient chaque jour à la déesse le sacrifice de leur pudicité, avec l'homme qui les avait choisies, & pour lequel il ne leur aurait pas été permis de montrer leur répugnance. Il y avait un de ces temples de Vénus à *Corinthe*. La quatrième sorte, & sans contredit la plus célèbre, ce sont ces fameuses *Courtisanes*, les *Delormes* de leur siècle, les *Bacchis*, les *Dorique*, les *Laïs*, les *Phryné*, toutes aussi connues dans l'univers qu'*Alexandre*. Je ne dis rien des filles de *Cythère*, aujourd'hui *Curgo*, qui se prostituaient aux étrangers sur le bord de la mer, près du Temple de Vénus, & qui portaient ensuite le prix de leurs faveurs sur l'autel de cette déesse; ni de celles qui se sont livrées avant leur mariage au premier venu, pour amasser leur dot [*Cristofe Colomb* n'avait pas encore découvert *Haiti*, heureusement pour ces pauvres vierges!] ni des femmes de *Baby*-

tone, qui ſe donnaient une fois en leur vie, à l'homme qui les trouvait à ſon gré : ceci rentre dans la Proſtitution religieuſe; c'était une coutume autoriſée par les loix de l'État. Dans la ſuite, elles ſe proſtituèrent aux Étrangers; pour cela, les femmes ſe tenaient aſſiſes auprès du Temple de *Nilitta*, ou Vénus, & s'offraient elles-mêmes. Elles procuraient, en vendant leurs faveurs, des ſommes conſidérables, pour l'entretien du culte de la déeſſe. Chez tous les anciens peuples, qui donnaient à la Divinité ce qu'ils avaient de plus précieux, le ſacrifice de la virginité & de la pudicité des femmes a fait partie du culte public & ſecret. Quelle peut avoir été la ſainteté primitive de ces ſacrifices, devenus abominables! Une femme, en l'honneur du Père de la Nature, devant lui, dans ſon Temple, s'obligeait à donner la vie; s'impoſait en conſéquence toutes les peines de la groſſeſſe, tous les ſoins de la maternité. Ce ſacrifice, bien au-deſſus de celui des ſtériles *Veſtales*, montre comme les hommes peuvent abuſer des meilleures choſes. Les mâles, de leur côté, non contens de partager l'hommage des femmes, poussèrent l'extravagance jusqu'à heurter de front le but primitif, en se privant de leur virilité, sacrifice abusif dès son origine; effet déplorable des fausses idées que l'on commençait à se former de la Divinité.

Chez les Romains, qui avaient pris leur Religion des Grecs, il fut assez ordinaire d'en voir changer les pratiques. La *Prostitution* religieuse n'eut plus lieu; le culte du *Phallus* ou de *Priape* devint ridicule. L'on ne vit donc guère chez ces Républicains que des *Prostituées* des deux premières espèces que nous avons distinguées en Grèce. Chez eux, le *Concubinage* légitime, écarta long-tems le *Prostitutisme*. Un homme trouvait chez lui tout ce qui pouvait fatisfaire la variété de ses desirs. Cependant leurs *Lupanaria* étaient des endroits plus importans que nos *mauvais-lieux*. On en voit dans *Pétrone* l'ample description. Il paraît qu'on s'y livrait à tous les genres de débauche, & que les *Meretrices* n'étaient pas aussi brutes que la plupart des *Prostituées* d'aujourd'hui, espèces d'automates que l'argent fait mouvoir,

& qui n'agissent ni ne sentent, dès qu'il cesse de fraper leurs regards. Il y eut de tout tems à Rome un quartier pour les *filles publiques*. Elles n'étaient pas mêlées avec les Citoyens Dans ces tems malheureux, où les *Caligula*, les *Néron*, les *Commode* plaçaient l'impudence sur le trône; où les Dames Romaines ne connaissaient plus ni pudeur ni retenue, les *Prostituées gardaient une sorte de décence*: c'est ce que prouve cette Épigramme de *Martial*:

Incustoditis & apertis, Lesbia, semper
Liminibus peccas, nec tua furta tegis,
Et plus spectator quàm te delectat adulter,
Nec sunt grata tibi gaudia si qua latent:
At Meretrix Abigit Testem Veloque Serâque,
*Raraque Summœni * rima patet:*
A Chione saltem vel Laïde disce pudorem.
Abscondunt spurcas & monumenta Lupas.
Numquid dura tibi nimiùm censura videtur?
Deprendi veto te, Lesbia........

[* *Somménie*] comme qui dirait *lieu situé sous les murailles*: c'était dans l'ancienne Rome un quartier proche du rempart, affecté aux Filles publiques.

Rien n'égalait la propreté des *Courtisanes* Grecques & Romaines; elles donnaient à l'entretien de leur corps, une attention digne du cas que les hommes fesaient de sa beauté : elles employaient tous les moyens imaginables pour relever la blancheur de la peau, conserver l'éclat & la fraîcheur de leurs attraits; ces moyens étaient les pâtes onctueuses dont elles se couvraient le visage, les mains, la gorge *&c.* durant la nuit; les bains, qui devenaient ensuite d'une nécessité absolue, les dépilatoires &c. On voit par les Statues qui nous restent de l'Antiquité, qu'elles ne conservaient pas même ce voîle dont la pudeur de la Nature a caché les secrets appas : peut-être était-ce à cause de la chaleur du climat, pour la propreté si essencielle au sexe, ou si l'on veut, pour la commodité du plaisir, & la volupté des regards.

Ces *filles* ne s'*automatisaient* pas comme celles de nos jours : on ne voit pas dans *Pétrone*, dans *Martial*, ni dans les autres Auteurs qui parlent des *Prostituées* de leur tems, qu'elles eussent poussé l'abrutissement jusqu'à se rendre *insensibles*. Loin de-là, ces Auteurs nous les représentent comme des femmes à qui l'habitude du plaisir avait fait un besoin de la jouissance. Nous sommes de ce côté-là descendus plus bas que les Anciens. On conviendra, sans que je m'étende là-dessus, que des excès qui privent de la *sensibilité* par une réitération trop fréquente, doivent donner au mal d'*Haiti* ce degré de malignité, qu'il est constant qu'il n'a pas sur le sol où il est né.

ÉTAT ACTUEL

DE LA PROSTITUTION.

Les mœurs des Nations modernes, que les Religions qu'elles professent ont rendues beaucoup plus sérieuses & plus décentes que celles des Anciens, sont aussi plus contraires à la *Prostitution*. Bien-loin d'être chez elles un acte de leur culte, rien n'est plus contraire à son esprit.

Voyez I Partie, page 109.

Il est, pour les hommes vivans en société, un frein plus puissant que les loix, c'est l'*opinion;* il n'est point d'état qui ne la puisse respecter; il n'est point d'excès dont on ne soit capable, lorsque son joug nous est ôté. Les Religions actuelles n'ont inspiré que de l'horreur pour les *filles publiques* ; elles les ont flétries, placées au-dessous de la brute : l'univers a cru reconnaître dans ce jugement la voix de la Divinité & celle de la Raison ; il a aplaudi. Pauvres mortels ! vous ne l'ignorez pas, l'infamie d'une condition n'est pas ce qui la rend moins nombreuse ; & l'effet ordinaire de l'avilissement que vous y avez attaché, quel est-il ? Consultez l'expérience ; elle vous montrera l'homme se mettant toujours au-dessous de la dépravation de l'état où il descend : avant le mépris marqué à son genre de vie, il n'eût été méchant qu'à demi ; vous avez trouvé le moyen d'en faire un scélérat. Une fille de Cythère, une Syrienne, une Prêtresse de Vénus, une Laponne vivent honnêtement après s'être prostituées ; une Francaise, une Anglaise *filles du monde*, sont des sujets perdus, des monstres que la terre devrait engloutir. La raison de cette différence ? C'est que les premières n'avaient pas cru s'avilir ; & que les secondes, résolues d'entrer dans un état où elles sont sûres de n'avoir plus rien à attendre de leur ſexe qu'un dédaigneux abandonnement, & de toute la ſociété qu'un rigoureux mépris, pour s'y rendre inſenſibles, ont dégradé leur exiſtance par tous les vices qui abâtardiſſent l'âme. Rien de plus aiſé que de flétrir, & rien de plus funeſte dans ſes effets, non-ſeulement pour les individus avilis, mais pour tout le Genre-humain. Si c'eſt-là une vérité certaine même à l'égard des *Proſtituées*, que dirais-je des profeſſions utiles, du *Théâtre*, par exemple ? Mais on doit en parler ailleurs.

Telle eſt la *Proſtitution* chez les Nations modernes. C'eſt un état vil, devenu contraire à la population, que dans ſon inſtitution il avait du favoriſer; deſtructif des bonnes mœurs; dangereux pour la ſanté, pour la vie même, dont il attaque les ſources; exercé par des *louves* affamées pour qui rien n'eſt ſacré, & qui nous rendent avec uſure tout le mal que leur font les Loix : & ce ſont auſſi les inconvéniens que le PORNOGRAPHE cherche à diminuer.

Avilies, flétries, chaſſées, ſouvent inhumainement punies, les *Proſtituées* ſont en plus grand nombre que jamais : c'eſt une triſte vérité, dont il n'eſt pas permis de douter. Mais quelles furent les cauſes de la renaiſſance de la *Proſtitution moderne*, que l'aſſerviſſement de preſque toutes les Nations par les Barbares du Nord, avait fait diſparaître aſſez généralement? L'extrême *inégalité* qui l'avait aſſoupie, la reproduiſit : les Nobles, par leurs infames droits de *Culetage*, de *Jambage*, de *Prélibation*, ôtèrent à leurs Vaſſalles la première fleur de l'honnêteté des mœurs. Souillée par ſon Maître, une jeune femme s'abandonna ſouvent à d'autres. Les progrès du vice ſont rapides. La *Proſtitution* reparut. Jetons un coup d'œil ſur toutes les nations connues : il n'en eſt aucune que la *Proſtitution* n'ait ſouillée, & où le mal d'*Haiti* ne l'ait ſuivie.

Les *filles publiques* ſont plus rares dans les États des Princes Aſiatiques, que parmi les Nations Chrétiennes; par les raiſons que j'en ai données plus haut : l'on en trouve néanmoins dans les grandes villes d'Orient, ſur-tout dans celles qu'un port de mer rend plus commerçantes & plus fréquentées par les Étrangers : ce ſont quelques infortunées, filles de ces Grecs avilis par le Musulman. Des Juifs, des Navigateurs Européens, des Chrétiens du pays sont les seuls qui les visitent : c'est la raison pour laquelle les *maladies Vénériennes* font très-peu de ravages dans les États du Grand-Seigneur & des autres Potentats de l'Asie. Les Musulmanes ne se prostituent pas : mais les mœurs y gagnent-elles ? il s'en faut beaucoup : les Turcs d'une fortune bornée ne pouvant aller chez une Prostituée Chrétienne sans exposer leur vie & celle de la fille publique, ont recours à des remèdes encore plus honteux.

Voyez pag. 64.

Je n'ai presque rien à dire de l'Amérique. La *Prostitution* y fait encore, chez les Naturels indómtés, partie du culte : les Colonies ont les mœurs des Nations dont elles dépendent : les Esclaves font la volonté de leur Maître : les femmes des Sauvages libres suivent l'instinct de la nature. La maladie des *Antilles* est endémique dans certains cantons de cette partie du monde ; mais elle y est d'une curation facile. Chez les *Péruviens*, les *Mexicains* & les *habitans des Iles civilisées*, la Prostitution *religieuse* avait dégénéré en débauche lors de la découverte de leurs pays : on accusa même les deux sexes de pédérastie au Conseil d'Espagne, & ce fut un des motifs apparens de l'ordre barbare qui fut donné de les exterminer : je doute, malgré ces indications, que les Américaines fissent un métier du *Prostitutisme* : il est presque sûr qu'elles ne s'abandonnaient à tous les hommes que dans certaines occasions, & qu'elles reprenaient ensuite le train de vie ordinaire. Cette conduite est encore aujourd'hui celle que tiennent les femmes de la presqu'île de Californie, à la fête des *Peaux* & à celle de la récolte des *Pitahaïas*.

C'est donc en Europe qu'on doit chercher à voir le *Publicisme des femmes*, dans toute la turpitude & l'infamie qui doivent accompagner un état, que la Religion & les Loix réprouvent également ; suivi des désordres & des dangers qu'il traîne à sa suite.

Whore, Bitche, &c.

Londres serait la ville de l'Europe qui pourrait le mieux se passer de *Prostituées* publiques & par état : les mœurs d'une partie des femmes n'y sont rien moins que sévères ; des *Tavernes*, où les deux sexes peuvent également se rassembler sans scandale, offrent à celles qui veulent satisfaire un penchant trop vif au plaisir, une commodité qu'on ne trouve nulle part aussi facilement: malgré ce relâchement de mœurs, le nombre des Prostituées n'en est pas moins grand; leur impudence, qui va jusqu'à l'extrême, frappe d'autant plus, que les femmes honnêtes sont dans les trois Royaumes d'une modestie & d'une retenue qui inspire le respect, la tendresse, & jamais l'audace. La division par classes, que l'on trouvera ci-après dans l'article de *Paris*, peut également servir pour la Capitale de la Grande-Bretagne.

En *Allemagne*, les *filles publiques* sont tolérées dans les grandes villes, & chassées des médiocres dès qu'elles y sont connues. On peut dire que ce pays, & la *Suisse*, sont, en Europe, ceux qui ont conservé le plus d'innocence: aucun autre desordre n'y remplace la *Prostitution*. Qu'on ne leur en fasse pas un mérite, s'ils avaient des grandes villes, si l'on voyait chez ces peuples des fortunes immenses & trop d'inégalité, la corruption

Wœlffin, Hur, &c.

se communiquerait bientôt : il y a des cantons en France, où les mœurs sont pures ; & des villes en Allemagne, telles que *Berlin*, qui renchérissent sur Paris & Londres pour le dérèglement. La température du climat n'est qu'une faible barrière, opposée à la corruption de quelques hommes, que l'affluence de tous les plaisirs tient dans l'engouement, & qui ne peuvent réveiller leurs sens émoussés, qu'en payant au poids de l'or d'infâmes complaisances. Les maux *vénériens* & leur curation, étaient presqu'inconnus en Allemagne avant les deux dernières guerres : la Suisse serait encore spectatrice desintéressée de la plaie générale, si quelques-uns de ses enfans, qui se mettent à la solde des Puissances voisines, ne raportaient le poison dans le sein de leur mère. Mais on dit que depuis quelques années, le libertinage s'étend, & que les exemples des plus honteux desordres y deviennent moins rares. [La dépravation suit le progrès des lumières. Chose très-naturelle, que les hommes ne puissent s'éclairer sans se corrompre : les organes deviennent plus délicates, l'âme perfectionnée voit plus loin, a des desirs plus variés: dans ce nouvel état, il lui faut des plaisirs nouveaux; ceux de la Nature sont trop simples: on les complique pour leur donner du piquant: mais tout ce qu'on ajoute à la Nature, sort de l'ordre, & devient criminel. Il n'est ni Religion ni Loix qui puissent rien changer à cette marche des mœurs; telles qu'un fleuve grossi par les fontes des neiges, elles renversent d'impuissantes digues, qui ne servent qu'à donner plus de furie à leurs débordemens. La barbarie, & le trop d'esprit dans une Nation, sont des écueils également dangereux pour ses mœurs. Lorsque, comme à Berlin, en Angleterre, en Italie, en France, on est dans le second cas, il faut souffrir un peu de dérèglement. C'est une malheureuse nécessité, qu'on peut comparer à la retraite qu'est quelquefois contraint de faire un Général habile: jamais elle ne peut deshonorer un Gouvernement. Une règle aussi parfaite qu'impossible, vu les mœurs actuelles, serait que les jeunes-gens se mariassent dès qu'ils sont hommes. Je ne vois que les villages où cela puisse s'exécuter sans trop d'inconvéniens. Il n'est pas facile à tout le monde d'imaginer toutes les manières de débauche que la corruption des grandes villes suggère à des hommes privés de tout moyen naturel de satisfaire les besoins du tempérament : c'est ce qui fait que je ne crains pas d'avancer, qu'un *Parthénion* serait utile dans toutes les villes où il y a des Troupes; la défense de se marier, que la discipline militaire rend de nécessité, cesserait d'être dure pour les Soldats, & ne les exposerait plus à se corrompre avec des Coureuses, dont une ou deux suffisent pour empoisonner tout un Régiment. On pourrait choisir pour les villes de guerre, ces *prostituées* Allemandes si grandes & si bien faites; par ce moyen nos plus beaux hommes ne vivraient pas en vain pour la postérité]. Je reviens aux petites villes d'Allemagne : elles sont dans les même cas que nos villes de province du second ordre, où l'on ne voit que des *Prostituées de passage*, & le plus souvent des Malheureuses, comme celles de la *Douzième Classe* de la Capitale.

Meretrice, Lupa, Putana, Bagascia.

Les *Courtisannes* ont un quartier dans *Rome* chrétienne, comme elles avaient autrefois

autrefois le *Somménie*. Il s'en trouve parmi elles qui montrent de grands ſentimens, unis à une rare beauté: celles-ci choiſiſſent leur monde, ne ſe livrent qu'à d'honnêtes-gens, & ſe font ſcrupule de recevoir plusieurs hommes, lorſqu'un ſeul ſuffit pour leur procurer le néceſſaire. En quoi elles diffèrent beaucoup des *filles entretenues* de Paris & de Londres, qui s'affichent pour être à un ſeul, & qui ſont à quiconque leur plaît ou les paye. Il y en a d'une autre eſpèce encore à *Naples*, à *Florence* & dans les principales villes d'*Italie* : ce ſont des filles de la première jeuneſſe, qui ſe mettent ſous la conduite d'une Vieille, connue des *Monſignori* & de vieux Seigneurs voluptueux ; cette femme les introduit chaque ſoir auprès du riche Vieillard, qui les renvoie après qu'elles ont ſatisfait des fantaiſies aſſez étranges. Si le vieux débauché paye lui-même, la jeune fille en eſt quitte pour ces humiliantes complaiſances ; mais s'il en charge ſon principal Domeſtiques, celui-ci, en s'acquittant de ſa commiſſion, exige autant que ſon maître,

Voyez pag. 107.

& quelquefois davantage. Dès que les attraits de ces infortunées ont perdu leur première fraîcheur, elles n'ont plus d'autre ressource que de se livrer au public.

Puta, Loba.

Les *Prostituées Espagnoles* sont de toutes les Européennes, celles qui font le plus gravement leur vil métier. La férocité naturelle à leur Nation, les expose chaque jour à se prêter à mille fantaisies brutales, qui les dégradent plus que par-tout ailleurs. Il serait dangereux d'en citer des exemples. Mais que l'habitant infortuné du *Mexique* & des montagnes du *Potose*, serait vengé, s'il voyait les sœurs & les filles de ses tyrans, soumises à des caprices.... Il n'est peut-être aucun pays où le genre-humain soit plus corrompu. Les filles renfermées dans la maison paternelle, où elles n'ont vu d'hommes que leurs frères, en sortent souillées pour passer dans les bras de leurs époux.......... (On remarque néanmoins, que la douceur naturelle à la maison de *Bourbon*, commence à tempérer cette atrocité de mœurs imprimée à la Nation par les Pèdre, les Philippe II, les Duc d'Albe &c.)

Je vais détailler, sous l'article des *Prostituées françaises*, ce que je n'ai fait qu'abréger pour les autres Nations.

On peut les diviser en *douze Classes*: savoir;

I. Les Filles entretenues par un seul, qui ne tardent pas à lui donner des Associés.

Lat. *Concubina*; *Amica*. Grec. *Omeunêtis*, *Erómên*.

Cette *première* Classe est à un taux qu'on ne peut déterminer: elle procure des plaisirs qui ne sont pas toujours sûrs.

II. Les Filles publiques par état: telles sont les Chanteuses des Chœurs, les Danseuses des Opéras, &c.

Lat. *Psaltria*; *Saltatrix*. Grec. *Psaltria*, *Orchêstris*.

Celle-ci est la plus dangereuse. (Je ne parle pas des Actrices célèbres, & cela par respect pour la vertu de quelques-unes d'entr'elles). Elles ruinent des Marquis, Ducs, des Lords; elles épuisent même des Financiers.

III. Les Demi-entretenues: ce sont de jeunes filles prises chez une Mamar publique, qu'un homme a trouvées assez jolies pour se déterminer à en avoir soin.

L. *Meretricula*. Grec. *Pornê eutelês*.

Cette Classe est moins à redouter ; mais elle est vile, indigne d'un homme délicat. Les Demi-entretenues n'exigent qu'un entretien *bourgeois-coquet.*

[Nos Livres amusans sont remplis des tours qu'ont joués & que jouent sans cesse à leurs dupes ces trois premières Classes. On a tout dit des Filles de Théâtre, & de ces jeunes innocentes, auxquelles on donne une maison, petite ou grande. J'ajoute cependant, que la satyre, quelque sanglante qu'elle ait paru, n'a jamais atteint la vérité : on m'a fait voir au-delà de tout ce que j'ai lu. Mais je fais grâce des détails aux *Entretenues*, en faveur de leur demi-honnêteté. Il me sera néanmoins permis de dire de celles de la troisième Classe, qu'il est peu flateur de se charger d'une fille que mille autres ont avilie ; qui, telle que les Esclaves Turques ou Persanes, n'est fidelle, qu'en attendant l'occasion de ne l'être pas : Comment ose-t-on sortir avec elle, se montrer aux Spectacles, aux Promenades, où l'on est à tout moment designé? N'est-il pas naturel d'avoir mauvaise opinion d'un homme qui brave tout cela ?

Reſte à dire un mot à chaque article, ſur la manière dont s'exerce le commerce infâme, qui ſerve à détromper les hommes aſſez heureux pour ne le pas ſavoir par expérience. On verra qu'on ne peut gouter de vrais plaiſirs avec les malheureuſes dont je vais parler. Il n'eſt pas de moyen plus ſûr d'inſpirer aux deux ſexes une juſte horreur de la débauche. Le vice, par lui-même, eſt ſi laid, qu'il effraie toujours, dès qu'on le préſente ſans les ornemens que ſait lui prêter une imagination corrompue].

IV. Les Filles de Moyenne-vertu, qui ne ſe proſtituent que par interim, *dans de mortes ſaiſons pour leurs métiers, & dans la ſeule vue de ſubvenir à des beſoins preſsans.*

L. *Mercenariæ*. Grec. *áſelgês*.

Les Filles dont il eſt ici queſtion, donnent quelquefois dans toutes les Claſſes inférieures; elles n'ont point de rang déterminé. (Celles-ci ſeraient excuſables, ſi l'on pouvait l'être en embraſſant un pareil état).

[Les libertins se font un ragoût des filles de cette Classe, lorsqu'ils parviennent à en découvrir quelqu'une. En quoi consiste donc ce plaisir vanté? A triompher d'une fille qui languit de besoin; qui dévore ses larmes en vous caressant (& voila les plus honnêtes) ou bien, d'une dévergondée, qui se réduit au comble de l'humiliation, pour avoir du pain à la vérité, mais sans répugnance pour le crime, comme sans goût pour le plaisir; d'ailleurs, souvent grossière, mal-propre? Oh! la triste, la détestable volupté!]

Lat. *Meretrix.* Grec. *Hetaira.*

V. Les Courtisannes, qui se font un nombre de connaissances, qu'elles reçoivent, & vont voir.

Les libertins d'une fortune bornée font entr'eux différens arrangemens, auxquels cette Classe de Filles se prêtent. J'en pourrais citer qui effraieraient le Citoyen vertueux. On dit que de jeunes Ouvrières, encore dans la maison paternelle, ont eu deux, trois, & même jusqu'à six *Amis*, à un prix modique par semaine.

[Celles-ci offrent au libertinage quelque choſe de plus piquant & de moins faſtidieux : toujours propres, élégantes même; ordinairement ce qu'on appelle *ſenſibles* en termes de débauche, elles peuvent émouvoir les ſens : mais le cœur, mais l'âme jamais, jamais; le pouvoir de leurs attraits ne va pas juſques-là. Eh ! qu'eſt-ce que l'amour, réduit au phyſique des ſens ?... O malheureux, ſois honnête, laiſſe attendrir ton cœur pour un objet eſtimable, & je te ferai juge dans ta propre cauſe. Tu jouis, dis-tu ? Inſenſé, eh de quoi ? ..... Tu trembles ! Il n'eſt plus tems, le poiſon pris hier chez un autre, circule aujourd'hui dans tes veines ! .... & tu l'as mérité].

VI. Les Femmes du monde, à qui des Vieilles amènent chaland, & qui, lorſqu'elles ſortent, n'affichent pas leur état. Lat. *Lupa.* Grec. *Lucaina.*

On affectionne particulièrement dans cette Claſſe, les Vieillards ſagement débauchés.

VII. Les Demoiſelles chez les Mamans *, Lat. *Juvenca.* G. *Hetairidion.*

* Lat. *Læna.* Grec. *Maſtrópòs.*

qu'on met en réserve pour les Vieillards, ou autres, qui paient cher. On conduit quelquefois celles-ci à la campagne, chez de riches Débauchés.

Lat. *Scortum.* Grec. *Porné.*

VIII. Les Racrochantes, mises sur le bon ton. *Cette Classe, ainsi que les Mamans, a plus d'un emploi. Les unes & les autres sont un écueil dangereux pour les gens astreints à la réserve.*

Les Filles de cette espèce, pour l'ordinaire dans l'âge mûr, sont un peu plus raisonnables que le reste; elles montrent plus de retenue dans leur conduite, se tiennent bien, ont un homme vil auquel elles donnent le nom d'*Ami*, que ces bouches infâmes jugent à propos de profaner, comme elles ont fait long-tems celui d'*Amant*.

Lat. *Scortillum.* Grec. *Pallákion.*

IX. Les Boucaneuses. Ces filles vivent comme celles de la septième Classe, chez des Mamans; mais elles sont au premier-venu, & racrochent pour elles-mêmes. Elles courent de mauvais lieu en mauvais lieu.

Ces infortunées mènent une vie trèscrapuleuſe & fort triſte, ſans beaucoup de profit pour elles, les *Mamans* leur feſant payer leurs penſions, les habits & le linge qu'elles leur louent, aſſez cher pour qu'il ne leur reſte rien en expoſant à chaque inſtant leur ſanté pour ces infames : ſouvent elles extorquent quelque choſe à force de ſollicitations ; cet excédent eſt pour elles.

X. Les Racrocheuſes. Elles ſont aſſez mal logées en chambres garnies, & ſujettes à bien des inconvéniens du côté de la Police. Celles-ci ſont quelquefois chez des Mamans de leur Claſſe. Le tout n'eſt pas fort en ſureté.

Lat. *Palæſtrica.* G. *Palaiſtrítés.*

Rien ne prouve davantage à quel point la paſſion nous égare que le courage qu'ont des hommes ſouvent bien élevés, de ſuivre une malheureuſe de la lie du peuple, dans un taudis poudreux où ils n'oſent s'aſſeoir. On leur préſente pour ſatisfaire leur brutalité, un objet mal propre, & plus mal ſain : tout ce qu'on voit dégoûte ; & s'il était poſſible qu'une créature de cette Claſſe eût quelques attraits, ſon entretien, ſes manières détruiraient bientôt l'illuſion. O mortels ! voulez-vous voir l'humanité au dernier période de la dégradation, ſuivez une de ces miſérables dans ſa retraite immonde ; un homme qui penſe n'aura là rien à craindre de ſes paſſions ; il n'éprouvera qu'un ſentiment de douleur, de pitié, mêlé d'indignation.

' Gr. *Chamaitúpé.* Lat. *Putida* ; mot dont on a formé dans les langues modernes, *Put.....* *Putana*, *Puta.*

* Ce mot vient de l'anglais *Queen* (qouîne) Reine, nom qu'on leur a donné par déri-ſion.

*XI. Les Gouines * : elles ſont miſes en caſaquin, ou en petite robe, & pour l'ordinaire aſſez dégoûtantes.*

Les filles de cette Claſſe renchériſſent encore ſur la dixième : on s'étonne quelquefois que de pareils monſtres vivent aux dépens des hommes.

Lat. *Proſtibulum*, parce qu'elles ſe tenaient dans les rues ſales & détournées, où ſe trouvaient les étables (*ſtabula*) ; & que les fumiers leurs ſervaient de bergères, de ſofas, &c. Grec. *Ergazoméné.*

XII & dernière. Les Barboteuſes : ce ſont des malheureuſes qui ſe trouvent le long des maiſons & dans les rues peu fréquentées ; qui n'ont pour logement que des galetas dans les fauxbourgs, où elles ne conduiſent perſonne ordinairement. Elles ſont très-dangereuſes pour les hommes de peine qui s'y arrêtent, & qu'elles infectent du poiſon vénérien.

Il faudrait à ces malheureuſes un nom plus vil encore : laides, dégoûtantes, crapuleuſes, elles attirent pourtant l'attention d'une foule de pauvres Artiſans, Serruriers, Taillandiers, Maréchaux, Maçons, Manœuvres, Porteurs-d'eau, &c. qui ne ſont pas mariés.

Voyez page 42.

[Il faut renfermer dans un même tableau ces ſept dernières Claſſes. Échauffé par le tempérament, ému par la vue continuelle de femmes qui lui plaiſent ; un homme ſent naître des deſirs inquiets, preſſans, & ſouvent impétueux : malgré lui, en dépit de la raiſon, la nature cherche à ſe ſatisfaire ; dans ce moment, il voit une Proſtituée : ce ſont les mêmes attraits qui l'ont charmé : ſon imagination lui peint les plaiſirs de la nature : il reſſent des tranſports ; il ſe flate de les faire partager à celle qui les excite : il l'aborde : l'accueil de ces infames eſt preſque toujours doux : il la ſuit : on le cajolle, juſqu'à ce qu'il ait payé : cependant s'il diffère trop, on le preſſe : dès que la

Voyez le tableau oppoſé à celui-ci, *pages* 38-44.

Proſtituée a reçu ſon ſalaire, elle ne s'occupe plus que d'une choſe, c'eſt de ſe débarraſſer promptement de l'homme. Si quelquefois, une bouche aſſez jolie paraît demander un baiſer, une haleine infecte en éloigne auſſitôt. Son cœur toujours de glace, ſon impatience lorſqu'elle ſe voit trop tourmentée chaſſeraient Vénus de *Paphos* & de *Cythère*. Mais, accorde-t-elle la dernière faveur, c'eſt alors que le danger devient plus grand, & que la nature outragée juſques dans ſon ſanctuaire, punit de criminelles voluptés . . . .

. . . .

. . . . Telles ſont les *Proſtituées* Françaiſes, & voila la ſéduiſante amorce qu'elles préſentent! Encore ſi l'on en était quitte pour payer aſſez cher, ſans éprouver le genre de ſatisfaction qu'on ſe promettait! mais preſque toujours une froide jouiſſance a des ſuites affreuſes : on eſt puni du plaiſir qu'on n'a pas goûté : les regrets n'en doivent être que plus amers.

M. *de Voltaire* donne, en badinant, un moyen d'expulſer le virus, en employant contre lui les 1,200,000 de Troupes que l'Europe en paix tient ſur pied. On pourrait au moins s'en ſervir pour faire une recherche auſſi exacte que ſévère de toutes les Proſtituées, & les obliger de ſe renfermer dans les Parthénions. Deux avantages réſulteraient de cette réforme : Le virus diſparaîtrait inſenſiblement : le Proſtitutiſme deviendrait de jour en jour plus rare; que ſait-on? il pourrait s'anéantir même à la longue.

Voyez cette Lettre, imprimée dans les Notes du Roman intitulé : *Le Pied de Fanchette*, 3e *Partie*, chez *Humblot*, libraire, rue *St-Jacques*, *près S. Ives*.

Lorsque le mal vénérien commença à se manifester en Europe, on le regarda comme une espèce de peste : un Arrêt du 6 mars 1496, défend aux Vérolés, sous une peine capitale, tout commerce avec les personnes saines. On leur fesait des aumônes & on les séquestrait comme des Lépreux.

(B)

(B) I Partie, pag. 72.

Les femmes, chez les anciens Grecs & Romains, ne vivaient pas comme les Françaiſes ou les Anglaiſes; on connaît la ſévérité des loix que *Romulus* leur impoſa. Il était ſans doute réſervé aux deux Nations les plus illuſtres & les plus éclairées qui ayent jamais exiſté, de rendre à la plus belle moitié du genre humain des droits trop longtems usurpés. Ces Nations ont surpassé la piété si fameuse des Romains envers leurs mères & leurs épouses : les traiter d'égales, est bien plus que de se rendre à leurs prières, ou de les protéger. Cette conduite raisonnable rapproche les deux sexes, fortifie les liens qui les unissent, & semble avoir banni les vices honteux qui infectaient les Grecs & les Romains, vices dont leurs propres Auteurs cherchaient à les faire rougir. *Voyez* Martial, *Épigrammes 51 liv. II; 71, 73 & 75 l. III ; 50 l. VI ; 45 l. VIII ; 7 l. IX ; 25 l. XI;* Pétrone, Juvénal, Suétone, &c.

Les femmes honnêtes peuvent seules prévenir une foule de desordres, inévitables sans elles : tout parle en leur faveur : elles ont les grâces, plus provoquantes que la beauté; qu'elles cessent d'être vaporeuses, exigeantes ; qu'elles deviennent sincères, tendres, moins volages, plus *sensibles*, elles vont tout soumettre au charme invincible de ces apas destinés par la Nature à nous captiver ; & nous leur devrons, avec une félicité réelle, l'honnêteté de nos mœurs.

(C)

(C) I Partie, pag. 83.

Entre plusieurs exemples, que m'a fournis un jeune Médecin, j'en vais choisir un seul, dont je supprimerai les détails.

... Un jeune-homme établi depuis quelques années dans cette ville, vint me prendre pour aller à la promenade. Nous traversions ensemble le pont S.......... lorsqu'il passa près de nous une très-jolie femme, qu'accompagnait un homme bien vétu, & qui paraissait encore à la fleur de l'âge. La beauté de cette Dame nous frapa. Sur le soir, nous nous trouvames vis-à-vis un Couvent de Vénus.... Mon ami, qui pour lors n'était pas un modèle de sagesse, eut un entretien avec l'Abbesse. Au bout d'un moment, il vint me rejoindre, & m'aprit ce qu'était celle que j'avais prise pour une connaissance ordinaire: il me dit qu'elle lui ménageait une de ces avantures, inconnues partout ailleurs que dans les Capitales, & qu'il devait se rendre chez elle le soir même. Je fis ce que je pus pour l'en dissuader, & lui inspirer une juste horreur de ces infâmes endroits. Mais le voyant obstiné dans sa résolution, je le quittai de fort bonne heure.

Au milieu de la nuit, on vint me dire qu'on frapait à ma porte à coups redoublés. J'ordonnai qu'on ouvrît, & je me disposais à m'habiller, lorsque mon imprudent ami s'offrit à ma vue, mais bien différent de lui-même ; il était pâle, défait, abbatu ; il pouvait à peine se soutenir : son état m'effraya. Je lui donnai des cordiaux ; & le fis mettre au lit. A son réveil, il me raconta son avanture ; & ce fut avec la dernière surprise que j'appris de sa bouche, qu'il avait passé la nuit dans un endroit qu'il me nomma, avec cette même femme que nous avions admirée la veille.

Le Projet que j'indique, détruira la malheureuse facilité que trouvent à se satisfaire, les femmes qui se livrent à d'aussi honteux dérèglemens.

(D)

(D)

(D) I Partie, pag. 84.

Le Jeune-homme dont il eſt parlé dans la Note précédente, racontait à ſon ami, qu'un jour, ſur les cinq heures du ſoir, ... ſuivit, au hazard, une Vieille dans un lieu de débauche. . . . Il ne tarda pas à s'apercevoir que la jeune fille, qu'on lui avait préſentée, n'était pas du couvent. Il prit différens moyens pour la connaître. . . . . L'occaſion l'ayant favoriſé, il la vit ſortir un jour de la maiſon de ſes parens, ſur les neuf heures du matin, un livre de prières ſous le bras: il vole ſur ſes traces: elle traverſe rapidement une Égliſe, enfile une petite rue, & ſe gliſſe. . . . chez la Vieille.

. . . .

Le jeune-homme la vit pluſieurs fois de la même manière. . . . Mais il ne jouit pas de ſa prétendue bonne fortune, auſſi long-tems qu'il l'aurait ſouhaité. Un jour qu'il paſſait, ſuivant ſa coutume, dans la rue de la ſage perſonne, il remarqua beaucoup de carrosses à sa porte. A dix heures, il la vit sortir élégamment parée, belle comme un ange, coîfée du symbole de la pureté : elle allait jurer une éternelle constance à un jeune amant, qui paraissait ivre de son bonheur. . . . (3).

---

(3) *Dicis formosam, dicis te, Bassa, puellam;*
Istud quæ non est dicere Bassa solet.
Mart. L. V, Epig. 46.

Ce mensonge n'est plus de mode; nos filles ne parlent jamais d'elles-mêmes.

(E)

(E) I Partie, pag. 85.

Un homme fut introduit dans un lieu de débauche par une de ces femmes qui recueillent les passans. A son arrivée, il y avait beaucoup de trouble dans la maison; de sorte qu'il se vit dans l'impossibilité de sortir, & que prudemment il ne devait pas se montrer. Ce particulier prit le parti que lui suggéra celle qui l'avait amené; il se retira dans un cabinet, dont la porte vîtrée donnait sur une pièce, où plusieurs libertins s'étaient rassemblés autour de deux filles fort jeunes, & assez jolies, qu'ils avaient fait mettre nues...... Elles étaient attachées... Une cruelle précaution étouffait leurs plaintes......... (Je suprime d'autres circonstances plus révoltantes)............. Ils poussèrent la barbarie si loin, que craignant que l'Abbesse & cette femme qui venait d'entrer, ne s'échapassent pour apeler du secours, ils les lièrent l'une & l'autre aux pieds du lit. Le *malencontreux* qui était venu chercher le plaisir dans cette maudite maison, frissonna d'horreur. Il vit mille choses monstrueuses & dégradantes..... Enfin ce cruel spectacle cessa. Mais avant de sortir, ces infames eurent l'inhumanité de piquer légèrement avec leurs épées, les deux malheureuses qui étaient à leur discrétion. Elles ne pouvaient crier, mais on entendait un gémissement sourd; qui avait quelque chose d'affreux; on voyait les larmes couler abondamment le long de leurs joues, & se mêler avec des gouttes de leur sang............

(F) I Partie, pag. 85.

(F)

On pourrait faire de très-beaux raisonnemens sur la faculté d'*aimer sans cesse*, soit un objet, soit un autre, particulière à l'espèce humaine. Pour quiconque envisage l'*amour*, ainsi qu'un liniment toujours prêt, non-seulement à adoucir nos peines comme l'amitié, mais à en suspendre le sentiment, à en effacer l'impression, à la détruire entièrement; l'*amour*, dis-je, considéré de ce côté-là, est sans doute le plus précieux des dons de la Divinité, & comme l'antidote d'une triste & prévoyante raison. L'homme a le malheur de savoir qu'il mourra: il a même l'orgueil de croire que de tous les êtres vivans il est le seul qui le sache [& tant-mieux pour les pauvres animaux, qui n'ont pas les mêmes moyens que nous de s'étourdir là-dessus] il a donc deux besoins de plus qu'eux, celui de vivre en société, pour que la vue de ses semblables le tienne presque toujours hors de lui, que leur exemple l'encourage, le console; &

d'un ſentiment qui répande l'ivreſſe dans ſon cœur, lorſqu'il eſt forcé d'y deſcendre. L'ivreſſe naturelle de l'amour, autant & plus que celle du vin, que celle de la gloire, que les tranſports bouillans de la fureur, fait mépriſer la mort: le ſentiment, les paſſions les plus violentes ou les plus déraiſonnables, nous ſont utiles & néceſſaires contre notre faible raiſon. Oh! de quels préſervatifs nous aurions beſoin, ſi, par exemple, ſes lumières nous feſaient lire dans l'avenir! Il faudrait à nos corps une conſtitution plus forte; que les végétaux & les autres alimens deſtinés à entretenir la vie euſſent des ſucs plus puiſſans; que tout le ſyſtème de la nature fût changé; c'eſt-à-dire que notre globe ne fût plus comme il eſt, ce qu'il eſt, ni où il eſt, & que nous fuſſions plus qu'hommes; autrement le choc des paſſions néceſſaires pour l'équilibre, détruirait nos organes. *Nos lumières ſont ſi courtes!* diſent les plus éclairés d'entre les hommes; tandis qu'un payſan groſſier croit les ſiennes auſſi étendues qu'elles peuvent l'être: c'eſt que le dernier eſt dans la place naturelle à l'homme, au-dessous de la nature; & que le premier s'est élevé au-dessus : le paysan est un enfant dans le fond d'un vallon, qui croit voir tout l'univers, & que les collines touchent les nues; le savant est un homme fait, au sommet des Alpes, qui découvre un horison immense, & qui s'irrite de ce que la faiblesse de ses organes ne lui laisse qu'apercevoir ce qu'il voudrait distinguer. Le plus heureux des deux? La raison dit que c'est le paysan. Une question qui se présente d'elle-même, c'est de savoir, si la manière de vivre, dans les nations policées, n'a pas étendu la faculté d'aimer; si les loix de la pudeur, les grâces que la parure ajoute à la beauté des femmes, la *succulence* des alimens ne l'ont pas rendu continue cette faculté? c'est mon avis du moins.

« Un célèbre Philosophe de nos jours, » examine dans son *Histoire Naturelle*, pour» quoi l'amour fait le bonheur de tous les » êtres, & le malheur de l'homme. Il répond, » que *c'est qu'il n'y a dans cette passion que* » *le physique de bon; & que le moral, c'est-* » *à-dire le sentiment qui l'accompagne, n'en*

» *vaut rien*. Ce Philoſophe n'a pas prétendu » que le moral n'ajoute pas au plaiſir phyſi- » que, l'expérience ſerait contre lui; ni que » le moral de l'amour ne ſoit qu'une illu- » ſion, ce qui eſt vrai, mais ne détruit pas » la vivacité du plaiſir (eh combien peu de » plaiſirs ont un objet réel!) il a voulu dire » ſans doute, que ce moral eſt ce qui cauſe » tous les maux de l'amour; & en cela, on » ne ſaurait trop être de ſon avis. Concluons » ſeulement de-là, que ſi des lumières ſupé- » rieures à la raiſon ne nous promettaient » pas une condition meilleure, nous aurions » fort à nous plaindre de la Nature, qui, » en nous préſentant d'une main le plus ſé- » duiſant des plaiſirs, ſemble nous éloigner » de l'autre, par les écueils, en tout genre, » dont il l'a environné, & qui nous a, pour » ainſi dire, placés ſur le bord d'un préci- » pice, entre la douleur & la privation ».

Juſtifions la Nature & l'Amour; ni la première ni le ſecond ne ſont coupables: c'eſt encore l'*inégalité* qui a fait tout le mal: Parfaitement égaux entr'eux, les animaux aiment ſans préférence; la jeuneſſe & la beauté de la forme, dans les femelles, n'ajoutent aucun degré à l'empressement des mâles. Il est certain, par la connaissance que nous avons des mœurs de certaines peuplades de l'Amérique, qu'il en dut être de même parmi les premiers hommes : toute femme leur était bonne ; celle-ci, par un sentiment propre à son sexe, se défendait toujours un peu, & finissait par se soumettre à son vainqueur. Tout se bornait alors à l'appétit des sens, & l'homme, loin d'y gagner, y perdait les deux tiers de son bonheur. Mais un sentiment plus doux, caché dans son âme, cherchait à se déveloper : la beauté devait le faire naître : parmi des créatures malheureuses, qui trouvent difficilement leur subsistance, telles, par exemple, que les *Califòrniens*, cet avantage n'existe pas ; Vénus & les Grâces peuvent-elles caresser un face hâve, des yeux ardens, inquiets ; un teint, une gorge couverts de poussière, brûlés par le soleil, & devenus comme écailleux par l'intempérie des saisons ? La beauté ne dut commencer à distinguer les femmes, que lorsque le genre humain eut le néceſſaire. Ce fut alors que naquit ce goût de préférence, qui ſeul depuis a porté le nom d'amour. Mais le choix fut durant longtems le privilége de l'homme : le ſexe timide, content de voir en celui à qui on le donnait, ſon défenſeur & ſon apui, n'avait d'autre penchant que ſon devoir. Tranquille ſpectatrice du combat entre deux fiers rivaux, & ſûre d'avoir un héros pour époux, *Déjanire* eût aimé *Achéloüs* vainqueur d'*Alcide*. Les deux premières ſources de l'inégalité entre les hommes, furent la Religion & l'Héroïſme : la déférence qu'on eut pour les premiers Prêtres, comme interprètes des Dieux, devint bientôt ſoumiſſion : les Héros, particuliers hardis, injuſtes, ſcélérats, achevèrent la dégradation du genre humain : ils extorquèrent par la crainte, les mêmes hommages que la perſuaſion feſait rendre aux Miniſtres de la Divinité : ceux qui voulurent s'en défendre, furent réduits encore plus bas, on en fit des Eſclaves. Nous voici parvenus au dernier degré d'inégalité : l'aiſance règne, la diſproportion des fortunes eſt immenſe, la beauté brille de la fraîcheur du repos, de l'éclat de la ſatisfaction & de celui de la parure : l'Eſclave, auquel de tous les avantages de ſon être, il n'eſt reſté qu'un cœur ſenſible, en levant ſon dos courbé, pour eſſuyer la ſueur qui dégoute de ſon front, voit la fille de ſon tyran ; les fleurs de la jeuneſſe embelliſſent ſon viſage ; tandis qu'il l'admire, elle laiſſe tomber ſur lui un regard, marque expreſſive de la compaſſion qu'il lui inſpire ; l'infortuné baiſſe la vue, & reprend ſes travaux : mais ſon âme eſt bleſſée ; il ſe conſume d'inutiles deſirs ; la fille du tyran lui a fait plus de mal que le tyran lui-même, & ſon malheur eſt complet. On peut comparer, du plus au moins, les ſuites de l'inégalité, dans les autres degrés de la fortune. Mais le mal devint tout-d'un-coup extrême, lorſque les femmes ſe crurent permis de choiſir leur maître, ſur lequel la modeſtie, dans des tems plus reculés, ne leur permettait pas de lever les yeux. L'homme fut malheureux par un ſentiment ſemblable à celui qui lui fait deſirer les richeſſes, les honneurs, tous ces biens dont la possession est enviée, & l'acquisition difficile. Fut-ce le vice de l'Amour & la faute de la Nature? Non: cette prétendue subordination admirable des rangs & des fortunes, tant vantée par de vils adulateurs, est la source de tout le mal moral qu'on remarque dans la société! En finissant cette note, je reviens aux animaux: est-il bien sûr qu'ils n'aient de la mort aucune idée de prévision? je ne crois pas facile d'en fixer l'étendue, mais je pense que le soin de conserver sa vie, & l'idée de la destruction sont inséparables. Si les animaux, connaissent le danger, s'ils le fuient, s'ils l'évitent avec adresse, ils prévoient la mort, au moins d'une manière instantanée & confuse: d'où proviendraient ces mugissemens du taureau, lorsque ses narines éventent le sang d'un animal de son espèce dévoré par des bêtes carnassières? qui causerait au cochon cette frayeur excessive, lorsqu'il aproche de quelque reptile venimeux, ou qu'il entend les éclats du tonnerre? les chasseurs connaissent les ruses que la crainte de la mort suggère au gibier: & j'ai observé que l'effroi de la brebis, en présence du loup, était si grand; que sa prunelle se ternit, & qu'elle va tournant sans voir, durant plusieurs minutes. Les animaux sont moins bêtes qu'on ne pense, & n'en sont que plus malheureux.

(G) I Partie, pag. 85.

(G)

« Je fus apelé, (me disait il y a quel-
» que tems un jeune Médecin) chez la **,
» pour une fille assez jolie, que je con-
» naissais. On me dit qu'elle était dangereu-
» sement malade : je présumai que son in-
» disposition était une des *suites ordinaires*
» de son malheureux métier............
» Je la trouvai dans un état affreux....
» Un homme, auquel elle venait de faire
» goûter les plaisirs de l'amour, avait
» voulu la contraindre..................
» Elle refusait absolument .... ce forcené
» lui saisit le bout du sein avec tant de for-
» ce, qu'elle s'évanouit. Il la laissa dans cet
» état, & sortit de la maison.

» Je la fis panser devant moi; le mam-
» melon était presque détaché; le Chi-

» rurgien desespérait de la guérison : » mais j'augurai mieux de sa blessure, » & cette fille est effectivement réta- » blie. Ce qu'il y a de plus heureux » pour elle, c'est que cet accident l'a si » fort effrayée, qu'elle a consenti que je » la misse en apprentissage ; proposition à » laquelle elle avait toujours éludé de se » rendre, sous différens prétextes.

Voyez Martial, Épigram. 79 du Livre II.

(H)

(H) I Partie, pag. 86.

« Une jeune personne fort aimable & » fort douce, dont je connaissais beau- » coup les parens (disait encore le jeune » Médecin qui m'a fourni les traits que » j'ai raportés) fut contrainte par eux » d'épouser un homme qui avait été » très-débauché. Il était riche, & la De- » moiselle n'avait pas de bien. Elle fut » ainsi un triste exemple des mariages que » l'intérêt seul a décidés. Son mari, non » content de se plonger dans l'ivrognerie, » reprit encore ses anciens dérèglemens.

» Un jour elle me fit apeler : je la crus » indiſpoſée ; j'y volai. Pluſieurs fois, » durant notre entretien, je la vis prête à » laiſſer couler des pleurs qu'elle s'éfor» çait de retenir. D'ailleurs, elle ne ſe » plaignit que de vapeurs, d'inquiétudes, » d'une triſteſſe involontaire. Je mis tous » mes ſoins à la calmer ; je m'apperçus » bientôt que je ne feſais qu'aigrir ſa » peine. Comme d'autres viſites m'ape» laient, j'allais me diſpoſer à la quitter, » lorſqu'elle me conjura, avec mille inſ» tances, de demeurer juſqu'au retour de » ſon mari. Je fus auſſi ſurpris de cette » prière que je l'avais été de ſa douleur. » Nous nous entretînmes le reſte du jour, » ſans qu'elle laiſſât rien échaper qui pût » m'inſtruire. Enfin nous entendîmes mon» ter ſon mari, & nous connumes qu'il » n'était pas ſeul. —Ah ! le malheureux, » me dit alors la jeune Dame, il accom» plit la menace qu'il m'a faite.... Mon» ſieur, ajouta-t-elle, je connais votre » diſcrétion, & l'honnêteté de vos ſen» timens. Je vous conjure de ne pas ſor-

» tir d'ici. En même tems elle me mon» tra un petit cabinet, & me pria de » m'y renfermer, lorsque l'heure de me » retirer serait venue : elle ajouta à la » hâte, que mon secours lui serait né» cessaire pendant la nuit. Je promis de » lui accorder cette satisfaction, ne sachant » encore à quoi tout cela devait aboutir. Le » mari paraît : une petite personne que » l'impudence la plus décidée n'empêchait » pas d'être fort gentille, l'accompagnait. Il » parut surpris de me voir : cependant » il me fit de grandes démonstrations d'a» mitié, & nous nous mîmes à table. Ma » présence évita, durant le souper, à sa » malheureuse épouse, mille mortifica» tions qu'il s'était promis de lui faire » essuyer. Il but largement, & se plai» gnait souvent de ce que je ne lui fesais » pas exactement raison. Lorsque je m'a» perçus qu'il était tard, je pris congé » d'eux. La jeune Dame me suivit. Nous » ouvrîmes la porte ; mais au lieu de sor» tir, j'entrai dans le cabinet, comme » nous en étions convenus.

» J'y étais à peine, que j'entendis, avec » autant de surprise que d'indignation, » qu'il ordonnait à son épouse de rendre » les services les plus bas à la misérable » qui venait la braver : il lui dit qu'il » voulait qu'elle fût témoin des plaisirs » qu'il allait goûter avec sa méprisable » rivale. Cette pauvre femme obéissait, » & ne répondait rien : mais lorsque son » indigne mari fut au lit, elle se jeta dans » le cabinet où j'étais : elle y passa la » nuit, malgré les menaces, & les efforts » qu'il fit pour enfoncer la porte. J'eus » besoin de toute ma vigueur & de toute » mon adresse pour l'empêcher d'y réussir. » Il se découragea, & retourna dans les » bras de celle qu'il avait amenée. Lorsque cet abominable homme se fut livré » à toute sa brutalité ; il s'endormit. Ce fut » alors que je demandai à la jeune Dame, si » de pareilles scènes arrivaient souvent, & » pourquoi elle n'en avertissait pas ses parens ? Voici ce qu'elle me répondit :

» *Vous voyez, Monsieur, que je suis la* » *plus infortunée des femmes : cependant*

vous

» *vous ne connaissez pas encore tout ce que* » *j'ai à souffrir : mes parens, qui devraient* » *me consoler, me protéger, mes dénaturés* » *parens, prévenus par mon mari, me re-* » *butent, m'accusent de mensonge : ils re-* » *fusent de s'assurer par leurs propres yeux* » *de la vérité de ce que je leur dis : ils* ré- » pètent *à mon mari les plaintes que je* » *leur ai portées de sa conduite, & m'en* » *font maltraiter. Mais ce n'est pas encore* » *là le plus grand de mes maux : accou-* » *tumé à ne voir que ces indignes créatures* » *qui font trafic de la pudeur, mon mari exige* » *de moi ..... (4). j'ai été contrainte de fuir* » *la nuit passée, pour me dérober à ses empor-* » *temens, & de m'enfermer dans ce cabinet. Il* » *est sorti ce matin, en me disant d'un ton* » *railleur qu'il voyait bien que j'avais be-* » *soin de leçons, qu'il m'en ferait donner* » *qui banniraient mes sots scrupules, & que le* » *soir même une autre, plus complaisante* » *que moi pour toutes ses fantaisies, occu-* » *perait ma place ; que je songeasse à la* » *respecter comme une maîtresse.... Sans* » *vous, Monsieur*, ajouta-t-elle, *je n'avais* » *d'autre ressource que de chercher à m'en-*

» *suir encore, pour errer à l'avanture pen-* » *dant la nuit; si je n'avais pas voulu de-* » *meurer exposée à tout ce que m'eussent fait* » *souffrir un cœur aussi corrompu que celui* » *de ce tyran, & l'insolence de l'indigne* » *créature que vous avez vue.*

» Je fus touché du sort d'une femme » aussi vertueuse qu'elle était aimable. Je » la conduisis chez ses parens dès le ma- » tin, tandis que son mari dormait en- » core; je leur peignis le sort affreux de » leur fille sous les couleurs les plus vives. » La nature se réveilla dans leur cœur; » je sus les persuader: ils furent touchés » des larmes d'une infortunée qui les » avait toujours tendrement aimés. Ils » ont consenti qu'elle quittât son mari » sans éclat: & quelques jours après, une » Dame de condition très-respectable, » retirée dans un Couvent, s'en est faite » une compagne qui lui devient tous les » jours plus chère.

---

(4) Un Romain disait à sa femme:

Uxor, vade foras, aut moribus utere nostris;

Non ego sum Curius, non Numa, non Tatius,
Me jucunda juvant tractæ per pocula noctes:
*Tu properas potâ surgere tristis aquâ *.*
Tu tenebris gaudes: Me ludere teste lucernâ
Et juvat admissâ rumpere luce latus.
Fascia te tunicæque obscuraque pallia celant:
At mihi nulla satis nuda puella jacet.
Basia me capiunt blandas imitata columbas;
Tu mihi das aviæ qualia manè soles.
Nec motu dignaris opus, nec voce juvare . . . . .
. . . . Dabat hoc Cornelia Graccho,
Julia Pompeio, Porcia, Brute, tibi. . . . .
Si te delectat gravitas, Lucretia toto
Sis licet usque die; Laïda nocte volo.

Mart. L. XI, Epig. 105.

* Une loi de Romulus portait peine de mort contre les femmes convaincues d'avoir bu du vin pur.

Ce double tableau de la vie chaste, innocente, frugale des anciennes Romaines, & de la conduite débordée des hommes du siècle de Néron, offre un contraste admirable: mais en même-tems, c'est, je crois, ce que la corruption du cœur humain pouvait produire de plus licencieux. On voit dans cette Epigramme l'abus des plus grands noms joint au blasphème contre les Dieux. Non, je le répete, nous n'en sommes pas encore revenus (du moins ouvertement) à ce degré de perversité. Il fallait bien que les femmes, quoique très-belles dans ces siècles reculés, ne connussent pas l'art de plaire aux hommes & de se les attacher, dans la même perfection que celles de nos jours. Quelques-unes d'entr'elles fesaient de fortes passions, mais le beau-sexe en général n'avait pas ce charme inexprimable, que la liberté lui donne chez les deux premières Nations de l'univers.

Cependant, dans une autre occasion, cette épouse infortunée consent à des choses odieuses plutôt que de perdre tous ses droits:

Deprensum in puero tetricis me vocibus, uxor
Corripis, & C. . . . te quoque habere refers.
Dixit idem quoties lascivo Juno Tonanti . . . .
Tu Megaram credis non habuisse nates?
Torquebat Phœbum Daphne fugitiva; sed illas
Œbalius flammas jussit abire puer.
Bryseis multùm quàmvis aversa jaceret
Æacidæ propior levis amicus erat.
Parce tuis igitur dare mascula nomina rebus . . .

Id. Epig. 44.

Et voila les Romains! Il faut convenir pourtant que ce ne sont pas ceux du temps des Cincinnatus, des Régulus, des Fabius & du premier Caton, mais peu s'en faut. Longtems avant Martial, le *Divin Auguste* avait fait des vers comme on n'en fait guère.

Martial, Montagne & M. de Voltaire ont raporté ces vers.

Antoine écrivait à ce même Auguste, auquel Horace dit : NULLIS POLLUITUR CASTA DOMUS STUPRIS ; &, RES ITALAS ARMIS TUTERIS, MORIBUS ORNES : *Quid te mutavit ? quòd Reginam ineo ? Uxor mea est. Nunc cœpi, aut abhinc annos novem ? Tu deinde solam Drusillam inis ? Ità valeas uti tu hanc Epistolam cùm leges, non inieris Tertullam, aut Terentillam, aut Rufillam, aut Salviam Titisceniam, aut omnes. Anne refert ubi & in quam arrigas ?* Suétone, V. d'Auguste, ch. 69.

¶ J'ai présenté ces Epigrammes du poète Martial, & quelques autres passages, de manière qu'ils ne pussent effrayer mes Lecteurs. Je m'en serais abstenu tout-à-fait, s'il ne m'avait paru nécessaire, consolant même pour notre siècle, de prouver à ses détracteurs, qu'il est aussi supérieur à l'Antiquité par la pureté des mœurs que par ses lumières. Tous nos avantages sur les Anciens sont dus aux femmes. Ces goûts frivoles en apparence, ces modes si séyantes & si variées, en augmentant leurs grâces, attachent les hommes, les préservent de ces égaremens grossiers contre lesquels la Religion est trop faible, & que la Philosophie ne fit jamais éviter.

(I)

(I) I Partie, page 93.

« Nous approchions de la Capitale, » racontait le même jeune homme, très- » fatigués, & plus ennuyés encore, de no- » tre séjour dans un coche renommé pour » sa lenteur, lorsque nous fumes recru- » tés par deux jeunes personnes assez » jolies : la premiere paraissait avoir en- » viron vingt-quatre ans, & la seconde » dix de moins. Cette dernière avait l'air » si vive, si hardie, en un mot, si *faite*, » que malgré la modestie de sa conduc- » trice, elle m'inspira d'abord quelque » défiance. Mais ces légers soupçons fu- » rent bientôt détruits. Je m'entretins » quelque tems avec mademoiselle *Lebrun* » (c'est ainsi que la petite *Angélique* nom- » mait sa maîtresse) & tout ce qu'elle » me disait était si sensé, que je pris beau- » coup d'estime pour elle. Un jeune-hom- » me dont j'avais fait la connaissance pen- » dant le voyage, s'éprit pour la *Petite*; » il trouva le moment favorable ; il cueilla » la rose ... mais elle n'était pas sans épi- » ne, comme je l'ai su de lui-même dans » la suite.

(K)

(K) I Partie, page 106.

L'Abbaye de Thélême de Rabelais, que M. D. D. R. regarde comme une imitation des lieux publics de Proſtitution, établis autrefois dans diférentes villes du Royaume, n'a, ſelon moi, aucun raport avec ces maiſons. C'eſt une invention aſſez plaiſante de cet Auteur, pour recompenſer d'une manière digne d'un Moine du 15 ou du 16.e ſiècle, le frère *Jean des Entômûres*.

Après une victoire, Gargantua donne des recompenſes à tous ſes Capitaines : il ne reſtait plus que le Moine *Jean*, qui n'avait pas eu le moins de part au bon ſuccès. Le Prince lui offrit pluſieurs riches Abbayes ; mais le frère les refuſa, par la raiſon, *que de Moine il ne voulait avoir charge ne gouvernement : car, comment, diſait-il, pourrai-je gouverner autrui, qui moi-même gouverner ne ſaurais.* Il demanda qu'en conſidération du ſervice qu'il avait rendu, & de ceux qu'il ſe propoſait de rendre par la ſuite, on lui permît de fonder une maison, à laquelle il donnerait une règle à sa fantaisie. Sa requête ayant été agréée de Gargantua, il proposa au frère *Jean* un beau pays sur les bords de la Loire, nommé *Thélême*, pour y bâtir une Abbaye où tout ce qui se pratiquerait fût le parfait contraire, de ce qui s'observe dans les autres Couvens.

Cette maison ne sera point environnée de murs, parce que les Monastères sont murés; *& non sans cause*, dit le Moine, *où mur y a devant & derrière, y a force MURMUR, envie & conspiration :* Les femmes ne doivent point entrer dans les Couvens d'hommes, & il est d'usage dans quelques-uns de laver la place, où elles auraient mis le pied, qu'elles fussent honnêtes ou non; ici au contraire, on lavera les lieux par lesquels auraient passé des Religieux ou Religieuses. Il n'y aura point d'horloge, parce que chacun ne suivra d'autre règle que son goût & sa volonté dans les choses qu'il voudra faire; n'y ayant pas de tems plus véritablement perdu, que celui où l'on compte les heures; c'est la plus grande rêverie du monde de ſe gouverner au ſon d'une cloche, & non ſuivant le bon ſens & la raiſon. De même, on met ordinairement dans les Cloîtres, les ſujets incommodés, ou ſans mérite; à Thélême, on ne recevra que des jeunes gens alertes, & de jeunes filles qui auront toutes les perfections qui rendent aimable. Dans les maiſons ordinaires, il n'y a que des hommes ou des femmes; ici les hommes & les femmes ſeront toujours enſemble. On eſt engagé pour toute ſa vie dans les autres Ordres; on pourra quitter celui-ci dès qu'on s'ennuira.

Les vœux de chaſteté, de pauvreté & d'obéiſſance, y ſont changés, à quelque choſe près, en leurs contraires.

On devait y recevoir les filles depuis dix ans juſqu'à quinze; & les hommes depuis douze juſqu'à dix-huit.

Rabelais parle enſuite des revenus de l'Abbaye; il en décrit la ſituation & les ſomptueux édifices. L'inſcription qu'on mettra ſur le portail, tient un Chapitre entier en vers burleſques. L'Inſtituteur veut qu'*on y fonde la foi*, & qu'*on en banniſſe* ſoigneuſement l'*erreur*. Après avoir parlé des bains, des jardins, de la fauconerie, il vient aux habits : rien n'en égale la magnificence : on en aura pour toutes les ſaiſons, & l'on y verra briller, l'*argent*, l'*or*, les *perles*, les *eſcarboucles*, les *diamans*, les *rubis*, &c. En hiver, on s'habillera à la mode Françaiſe ; au printems, à l'Eſpagnole ; en été, à la Turque ; excepté les Fêtes & Dimanches, qu'on reprendra l'habillement Français........ Ce ſeront les Dames qui règleront les couleurs que devront porter les hommes. Il y aura un grand corps de logis à côté de la maiſon, où ſeront logés les Ouvriers qui feront toutes ces belles choſes. L'emploi de la journée eſt réglé par ces trois mots : FAI CE QUE VOUDRAS : les perſonnes bien nées, tant qu'elles ſont libres, ont en elles-mêmes un *aiguillon* qui les porte aux actions vertueuſes ; au lieu que la défenſe donne au crime des charmes qu'il n'aurait pas ſans elle ; ils feſaient tous, par émulation, le bien qu'ils avaient vu faire à un ſeul, parce qu'ils pouvaient ne le pas faire. Rabelais finit ainsi : *Tant noblement estoient apprins, qu'il n'estoit entr'eux celui ne celle qui ne sçust lire, escrire, chanter, jouer d'instruments harmonieux, parler de cinq à six langaiges, & en iceulx composer, tant en carme* (1) *qu'en oraison solue* (2). *Jamais ne furent veus cheualiers tant preulx, tant galans, tant dextres* (3) *à pied & à cheval, plus vers, mieulx remuans, mieulx manians tous bastons qui là estoient. Jamais ne feurent veues dames tant propres, tant mignonnes, moins fascheuses, plus doctes* (4) *à la main, à l'aiguille, à tout acte muliebre* (5), *honneste & libre* (6) *que là estoient. Par ceste raison quand le temps venu estoit qu'aucun d'icelle Abbaye, ou à la requeste de ses parens, ou pour autre chose voulust issir* (7) *hors, auecque soy il emmenoit vne des dames, celle laquelle l'auroit prins pour son deuot, & estoient ensemble mariez. Et si bien auoient vescu à Theleme en déuotion & amitié, encore mieulx la continuoient-ils en mariage : autant s'entreaimoient-ils à la fin de leurs jours, comme le premier de leurs nopces.*

Ceci ressemble davantage à *la Cour d'A-*

(1) *C'est-à-dire*, en vers.

(2) en prose.

(3) adroits.

(4) habiles.

(5) de femme.

(6) noble.

(7) sortir.

mour, qu'à un Lieu de Débauche. On ſait que les peintures cyniques ne coûtaient rien du tems de Rabelais, & que les honnêtes-gens même ne feſaient pas difficulté de s'amuſer des Ouvrages de cet Auteur libre ; le Cardinal de Richelieu, dit-on, reçut fort mal un Savant, parce qu'il avoua qu'il ne les avait pas lus : ainſi ce n'eſt nullement par retenue, que Rabalais termine ſa deſcription auſſi modeſtement ; mais c'eſt qu'il a rendu tout ce qu'il voulait peindre.

On peut joindre à ce Projet idéal de Rabelais, l'Établiſſement plus vraiſemblable des *Pretty-girls* de la *Famille vertueuſe*.

(L) I Partie, page 107.

Dans l'ancienne Rome, on voyait aux lieux de débauche le nom de chaque Courtiſane ſur la porte de ſa chambre ; d'où vient que Juvénal parlant de Meſſalline, qui empruntait celle de la fameuſe Lyſiſca, dit agréa-

(L)

Les Proſtituées profanes, & dont la Religion n'était plus le motif, firent chez tous les peuples, un état à part. On leur aſſigna preſque toujours des endroits ſéparés, où elles puſſent exercer avec moins de ſcandale, leur infâme commerce. Les femmes publiques ont fixé longtems, même en France, l'attention du Gouvernement : il y en avait toujours un certain nombre dans les villes, à la ſuite de la cour & à l'armée, ſous le nom de *Courtiſanes*, ou de *Ribaudes*.

Les Lettres que donnèrent Charles VI en 1389, & Charles VII en 1424, pour faire règner le bon ordre dans les lieux de Proſtitution, ſont raportées par Lafaille dans ſon Hiſtoire de Toulouſe. Cet Auteur dit qu'il y avait anciennement dans cette ville & dans pluſieurs autres, un lieu de débauche, qui était non-ſeulement toléré, mais autoriſé même par les Magiſtrats, qui en retiraient un revenu annuel. L'an 1424, ſur ce que l'on inſultait ſouvent cette maiſon, qu'on nommait le *Châtel-vert*, & que par le deſordre qu'y occaſionnaient de jeunes débauchés, la ville était privée de ce revenu, les Capitouls s'adreſſèrent au Roi Charles VII, pour mettre cette maiſon ſous ſa protection ; ce que le Roi leur accorda. La requête des Capitouls paraîtrait ſingulière aujourd'hui : ils repréſentaient au Roi, que *certaines gens de mauvaiſe vie entreprènent d'aller caſſer les vîtres de cette maiſon ; ſans aucune crainte de Dieu.* Non verentes Deum.

blement, Titulum mentita Lyſiſcæ .... *On liſait auſſi dans l'écriteau le nom de la Courtiſane, & le prix qu'on lui donnait. On voit dans l'hiſtoire d'Apollonius de Tyr la forme d'un de ces titres, qui eſt aſſez plaiſante :*

Quicumque Tarſiam defloraverit
Mediam libram dabit
Poſtea populo patebit
Ad ſingulos ſolidos.

Dans l'acte des Coutumes de Narbonne, il est dit, que *le Consul & les habitans avaient l'Administration de toutes les afaires de police, & le droit d'avoir, dans la jurisdiction du Vicomte*, UNE RUE CHAUDE, *c'est-à-dire, un lieu public de Prostitution.*

Jeanne I, Reine de Naples, & Comtesse de Provence, dans le Statut du lieu public de débauche d'Avignon, donne la qualité d'Abbesse à la Supérieure des filles Prostituées de cette ville.

Je vais raporter ce Règlement en entier.

*Anciens Statuts du Lieu public de Débauche d'*AVIGNON.

L'an mil tres cent quarante & set, au hueit du mois d'avous nostro bono reino Jano a permés lou Bourdeou dins Avignon; Et vol que toudos las fremos debauchados non se tingon dins la Cioutat; mai que sian fermados dins lou Bourdeou, & que per estre couneigudos, que porton uno agullietto rougeou sus l'espallou de la man escairo, &c.

I. L'an mil trois cens quarante-sept, & le huitième du mois d'Août, notre bonne Reine JEANNE a permis un Lieu public de Débauche dans Avignon; & elle défend à toutes les femmes débauchées de se tenir dans la ville, ordonnant qu'elles soient renfermées dans le Lieu destiné pour cela, & que pour être connues, elles portent une aiguillette rouge sur l'épaule gauche.

II. *Item.* Si quelque fille qui a déja fait

faute, veut continuer de se prostituer, le Porte-clefs, ou Capitaine des Sergens, l'ayant prise par le bras, la menera par la ville, au son du tambour, & avec l'aiguillette rouge sur l'épaule, & la placera dans la maison avec les autres; lui défendant de se trouver dehors dans la ville, à peine du fouet en particulier pour la première fois, & du fouet en public, & du bannissement, si elle y retourne.

III. Notre bonne Reine ordonne que la maison de débauche soit établie dans la rue *du Pont-troué*, près du Couvent des Augustins, jusqu'à la Porte *Peiré* (de PIERRE); & que du même côté il y ait une porte par où toutes les gens pourront entrer, mais qui sera fermée à la clef, pour empêcher qu'aucun homme ne puisse aller voir les femmes, sans la permission de l'Abbesse ou Baillive, qui tous les ans sera élue par les Consuls. La Baillive gardera la clef, & avertira la jeunesse de ne causer aucun trouble, & de ne faire aucun mauvais traitement ni peur aux filles de joie; autrement, s'il y a la moindre plainte, ils n'en sortiront que pour être conduits en prison par les Sergens.

IV. La Reine veut que tous les Samedis, la Baillive, & un Chirurgien préposé par les Consuls, visitent chaque Courtisane; & s'il s'en trouve quelqu'une qui ait contracté du mal provenant de paillardise, qu'elle soit séparée des autres, pour demeurer à part, afin qu'elle ne puisse point s'abandonner, & qu'on évite le mal que la jeunesse pourrait prendre.

V. *Item.* Si quelqu'une des filles devient grosse, la Baillive prendra garde qu'il n'arrive à l'enfant aucun mal, & elle avertira les Consuls, qu'ils pourvoient à ce qui sera nécessaire pour l'enfant.

VI. *Item.* La Baillive ne permettra absolument à aucun homme d'entrer dans la maison le Vendredi saint, ni le Samedi saint, ni le bienheureux jour de Pâques; & cela, à peine d'être cassée, & d'avoir le fouet.

VII. *Item.* La Reine défend aux filles de joie d'avoir aucune dispute ni jalousie entr'elles, de se rien dérober, ni de se battre. Elle ordonne, au contraire, qu'elles vivent ensemble comme sœurs : que s'il arrive quelque querelle, la Baillive les accordera,

accordera, & chacune s'en tiendra à ce que la Baillive aura décidé.

VIII. *Item.* Que ſi quelqu'une a dérobé, la Baillive faſſe rendre à l'amiable le larcin; & ſi celle qui en eſt coupable refuſe de le rendre, qu'elle ſoit fouettée dans une chambre par un Sergent; mais ſi elle retombe dans la même faute, qu'elle ait le fouet par les mains du Bourreau de la ville.

IX. *Item.* Que la Baillive ne permette à aucun Juif d'entrer dans la maiſon: & s'il arrive que quelque Juif, s'y étant introduit en ſecret & par fineſſe, ait eu affaire à quelqu'une des Courtiſanes, qu'il ſoit mis en priſon, pour avoir enſuite le fouet par tous les carrefours de la ville.

Les habitans de Beaucaire en Languedoc, avaient établi une courſe où les Proſtituées du lieu, & celles qui voulaient venir à la foire de la Madeleine, couraient en public la veille de cette foire célèbre, & celle qui avait le mieux couru & atteint la première le but donné, avait pour prix de la courſe, un paquet d'aiguillètes : c'eſt de-là qu'eſt venue l'expreſſion proverbiale, qu'*une femme court l'aiguillète*, pour ſignifier qu'*elle proſtitue ſon corps à un chacun.* C'était auſſi l'uſage en Italie de faire courir les Proſtituées, & de leur propoſer un prix : nous liſons que le célèbre *Caſtruccio de' Caſtracani*, Général des Luquois après la bataille de *Seravalle*, qu'il gagna ſur les Florentins, donna des fêtes éclatantes ſous les yeux de ſes ennemis ; & afin de mettre le comble au mépris qu'il avait pour eux, il fit jouer au *palio* des femmes proſtituées toutes nues, de façon que les vaincus puſſent les apercevoir du haut de leurs murs. [*Ce* palio *était une pièce de brocard ou de velours, & d'autres étofes précieuſes, qu'on gagnait à la courſe.*]

Les femmes publiques accompagnaient les troupes. Brantôme dit, qu'à la ſuite de l'armée du Duc d'Albe, que Philipe II envoya en Flandre contre les rebelles, qui s'étaient réunis ſous le nom de GUEUX, *il y avait quatre cens Courtiſanes à cheval, belles & braves comme princeſſes, & huit cens à pied, bien en point aussi*. La Motte-Messemé parle des Courtisanes qui étaient à la suite de cette armée, avec plus de détail que Brantôme. Ce qu'il dit est d'autant plus curieux, qu'il se raporte en cela avec la disposition de beaucoup des Articles du Règlement proposé, qui veulent de la décence jusque dans la débauche, & qui lui ôtent ce qu'elle a de plus contraire à la nature, en laissant la liberté du choix, aussi-bien à la fille publique, qu'à l'homme qui l'a designée. Je raporterai ces vers, quoiqu'ils se trouvent déja dans le Recueil aussi savant qu'agréable de M. D. D. R. afin qu'on ne soit pas obligé de les aller chercher ailleurs.

Deux gaillardes Cornettes
De bien trois cens chevaux, à tout le moins complettes,
Sous lesquelles marchoient des femmes de plaisir,
Pour servir le premier qui en avoit desir;
Pourvu, cela s'entend, *qu'il leur fût agréable.*
J'en trouvai la façon si fort émerveillable,
Que pour les voir passer j'arrêtai longuement,
Considérant leur port, leur grace & *vêtement*,
Enrichi de couleur, sous mainte orfesvrerie.
J'en remarquai bien-là quelqu'une assez jolie....

Mais plus que la blancheur le brun les acompagne.
Leurs montures n'étoient de bestes de Bretagne,
L'une avoit un cheval, & l'autre lentement
Alloit sur un mulet, ou sur une jument :
Les harnois néantmoins de la housse traînante
Sous leurs pieds, paroissoient de velours, reluisante
De cinq ou six clinquans cousus tout-à-l'entour.
Il les entretenoit qui vouloit tout le jour,
Mais avec un respect plein de cérémonie ;
*Le Barisel-major * leur tenoit compagnie.*
Or ces Dames avoient tous les soirs leur quartier
Du Mareschal-de-camp, par les mains du Fourrier :
Et n'eust-on pas osé leur faire insolence.
Toutefois le Duc * las de telle manigance,
Leur donna ce sujet de prendre meilleur parti :
Pour les malcontenter, moi-même l'entendi
Crier publiquement de mes propres oreilles,
Et Dieu sait si cela leur déplut à merveilles !
C'est qu'entre elles ne fust pas une qui osast
Refuser desormais Soldat qui la priast
De lui prester sa chambre à cinq sols par nuitée,
Tâchant par ce moyen les chasser de l'Armée,
Qui lui seroit aisé, à ce que l'on disoit.
Et en avint ainsi : car telle se prisoit
Autant qu'autrefois fit cette Corinthienne. . . .
D'en avoir fait ainsi le Duc fut estimé
D'aucuns tant seulement, des autres estant blasmé:

* Prevôt, ou Commissaire général.

* d'Albe.

Et ceux qui admiroient en cela sa prudence,
Alléguoient que *c'estoit faire une grande offense*
Et desplaisante à Dieu, d'avoir incessamment
Quant & soi un tel train, de vice allechement,
Apportant à la fin, par un si grand scandale,
Des gens les mieux vivans la ruine totale.
Chascun en devisoit selon sa passion;
Car ceux-là qui tenoient contraire opinion
Ne voulant confesser bonne cette Ordonnance,
Disoient que *le Soldat se donneroit licence*
De forcer desormais par où il passeroit
Celle qu'à son desir resister s'essayeroit,
Puisqu'il avoit perdu son plaisir ordinaire,
A lui permis longtems comme MAL NECESSAIRE.....
Mais pour ce qu'on en dit, le Duc ne retrancha
Son Edit nullement. Honnestes Loisirs de *La Motte-Messemé, Liv. I,* à la fin.

On ne peut que désaprouver l'expédient du Duc d'Albe : l'abus qui existait, était incomparablement moins grand, que celui qu'il a occasionné : mais que pouvait-on attendre, d'un homme, qui souilla par des exécutions sanglantes presque tous les jours de son Gouvernement dans les Pays-bas ? La Prostitution militaire fut avilie, & n'en devint que plus dangereuse.

Le prisonnier de Pantagruel dans Rabelais, après l'énumération hyperbolique des forces ennemies, ajoute : *cent cinquante mille P.... (voila pour moi, dit Panurge) dont les aucunes ſont Amazones, les autres Lyonnoiſes, les autres Pariſiennes, Tourangelles, Angevines, Poitevines, Normandes, Allemandes, de tout Pays & de toutes Langues y en a.*

Jean de Troies, Auteur de la *Chronique ſcandaleuſe*, dit que le 14 Août 1465, il arriva à Paris deux cens Archers à cheval, à la ſuite deſquels étaient huit *Ribaudes*, & un *Moine noir* leur *Confeſſeur.* Plaiſant équipage, & le bel office que celui de Confeſſeur de ces *Ribaudes !*

(L) I Partie, page 125.

(L *bis*)

Le Légiſlateur d'une ville d'Italie, fameuse par ſa molleſſe (c'eſt *Sybaris*) défendit de paraître avec des armes dans la ville ſous quelque prétexte que ce fût, cet uſage n'étant propre qu'à faire dégénérer en querelles ſanglantes, le plus léger différend entre les Bourgeois. *Charondas* (c'eſt ainſi qu'il ſe nommait) ſcella ſa loi de ſon ſang. Car un jour, comme il revenait de la campagne, où il s'était trouvé dans la nécessité de s'armer, parce qu'elle était infestée de brigands, il entendit beaucoup de bruit vers la place; il crut que c'était une émeute populaire; il s'y rendit, sans faire attention qu'il portait une épée. En y arrivant, il reconnut qu'il s'était trompé, & que l'assemblée était paisible. Il allait se retirer, lorsque quelqu'un qui le haïssait lui fit observer qu'il contrevenait lui-même à la loi qu'il avait établie. *Tu as raison*, *répondit-il* à cet homme avec tranquillité : *tu vas voir combien je la crois nécessaire*; & tirant cette arme fatale, il se la plonge dans le sein. Ce Législateur regardait sa loi comme si importante, qu'il ne crut pas devoir se pardonner à lui-même de l'avoir enfreinte par inattention. Je pressens qu'on va me dire que l'exemple d'un *Sybarite* n'est pas propre à faire autorité parmi nous. Mais les Citoyens de *Sparte*, ceux d'*Athènes* & de *Rome*, ne paraîtront pas des efféminés. Les plus Guerriers de tous les hommes, les plus Éclairés & les Vainqueurs de notre hémisphère, ne portaient point d'armes dans leurs villes * & au ſein de la paix : *Cedant arma togæ*, dit Horace. Les *Barbares* du Nord, des *Huns*, des *Goths*, des *Viſigoths*, des *Francs*, des *Vandales*, des *Bourguignons*, des *Normands*, des *Sarraſins*, lorſqu'ils eurent démembré l'Empire Romain en le ravageant, ne connaiſſaient qu'une vertu ; c'était la force : leur Droit civil, ce fut le Droit de conquête ; il falut bien qu'ils deſarmaſſent nos pères, après les avoir réduits en ſervitude, & que pour eux, ils euſſent le fer à la main, toujours prêts à égorger leurs eſclaves s'ils penſaient à ſecouer le joug. Voila donc l'origine de cette méthode galante de porter à ſon côté une arme aſſaſſine, ſouvent fatale à celui qu'elle a paré. C'eſt un uſage des Goths, qu'ennoblirent un peu les tems des Croiſades ou de la Chevalerie : & cet uſage *gothique* ſubſiſte encore ! Voyez combien nous ſommes ridicules ! Ridicules !... & barbáres : car le port d'armes occaſionne dans le Royaume la mort *imprévue* d'un nombre de particuliers de tous les états, & par conſéquent le mal-

* Ils avaient pourtant leurs poignards, mais l'uſage n'en devint général à Rome, que du tems des *Proſcriptions*.

heur de plusieurs familles; il occasionne encore la perte des meilleurs Soldats: de sorte que quelqu'un n'a pas craint d'avancer, que toutes ces pertes pourraient bien se monter chaque année à deux cents hommes : mais n'y en eût-il que cinquante ? la conservation de cinquante individus ne mérite-t-elle donc pas qu'on suprime *efficacement*, & *généralement*, une chose inutile?

(M)

(M) I Partie, page 143.

Il est certain que la parure donne aux femmes la moitié de leur valeur. Tout ce qui peut embellir est fait pour elles; c'est leur bien; jamais on n'aura raison de dire qu'elles vont trop loin de ce côté-là : leurs grâces naturelles ou factices augmentent notre bonheur, & la somme des plaisirs. Otez à la plupart leur coîffure de goût, leur corset rassemblant, léur jolie chaussure, que restera-t-il ?... Non, l'honnête Citoyen n'est point ennemi de cette sorte de luxe, qui n'a pour but que de rendre le beau-sexe plus enchanteur, plus propre à porter dans nos cœurs cette douce joie, cette volupté légitime, qui naît d'un intérêt tendre, d'un ſentiment auſſi délicieux qu'il eſt inexprimable.

Qu'une petite République, comme l'a dit un Sage, faſſe des *Loix ſomptuaires ;* qu'elle empêche ſes Citoyens de ſe ſervir des étofes étrangères trop coûteuſes, ou qu'elle s'oppoſe à l'établiſſement de Manufactures qui emploieraient des ſujets que de plus utiles travaux doivent occuper ; elle a raiſon. Mais une grande Monarchie, où les fortunes ſont néceſſairement d'une inégalité énorme, a beſoin du luxe : la France n'a pas le meilleur ſol de tout l'univers ; cependant c'eſt le plus beau pays du monde ; & ce qui lui procure cet avantage, c'eſt le luxe, qui fait refluer les biens du riche entre les mains de l'Artiſte & de l'Artiſan. Tout ce qu'il faut éviter, c'eſt que le luxe des villes ne tende à la dépopulation des campagnes. Car alors ce ſerait ſaper tout l'édifice par les fondemens : mais s'il règne une juſte proportion, tout va bien. Il y a d'ailleurs, mille choſes d'un goût exquis, qui coûtent beaucoup moins de travail, de tems, d'argent, que cette mauſſade, embarraſſante & ſomptueuſe magnificence de nos Ancêtres. L'homme, ſans doute, eſt le premier & le plus beau de tous les animaux : mais l'homme, je le répète, ſans la parure, différerait, ma foi, bien peu par la forme, des plus laids d'entr'eux. Cela eſt trop connu pour m'y arrêter. Je regarde donc tout ce qui ajoute aux agrémens de l'eſpèce humaine comme quelque choſe de louable, & qu'il faut encourager. Lorsque je rencontre un homme ou une femme laids, qui ont pris beaucoup de peine, en ſe parant, à déguiser d'injuſtes caprices de la nature, ou les ravages des années, je leur ai dans mon cœur une ſincère obligation : je trouve qu'ils ont très-bien fait de cacher ſous un beau maſque, une figure qui m'eût attriſté. Je treſſaille d'aiſe & de raviſſement, lorsque je vois ce ſexe charmant, dont dépendent nos plaiſirs & notre bonheur, joindre aux fleurs de la jeuneſſe une parure de bon goût, qui en double l'éclat. Il faut être de mauvaise humeur, pour envier au genre humain un amuſement auſſi innocent. On le ſait par expérience, à tout âge l'homme eſt à plaindre : un cri de douleur indique qu'il eſt né : la faibleſſe, les dangers ſans nombre accompagnent ſon enfance : en eſt-il ſorti ? de noirs pédagogues, ou d'autres tyrans, le tourmentent comme des furies juſqu'à vingt ans : à cet âge dangereux, les paſſions creuſent mille précipices ſous ſes pas, incertains encore, & mal aſſurés : s'il échape, que ſa vertu commence à briller, l'envie s'attache à le dénigrer, à le pourſuivre juſqu'à la vieilleſſe : il finit alors, comme il commença, par faire pitié. Eh ! daignez, cenſeurs injuſtes, lui laiſſer ſes joujous & ſes poupées, tant qu'ils l'amuſeront; il lui reſte aſſez de momens pour ſentir qu'il eſt malheureux !

(N)

(N) I Partie, page 207.

Un honnête homme de Province, avait une fille, dont la jolie figure & les heureuſes diſpoſitions lui feſaient eſpérer de la conſolation dans ſa vieilleſſe. Des amis, qu'il avait à la Capitale, lui firent entendre que la jeune Demoiſelle recevraît une éducation bien plus convenable & plus avantageuſe dans une penſion qu'ils connaiſſaient, & dont ils lui répondirent. Ce père, qui ne cherchait que l'avantage de ſa fille unique, la leur confia. L'aimable *Lucile* entra dans la penſion? La maiſon était bien règlée : les jeunes perſonnes étaient toujours ſous les yeux d'une Gouvernante auſſi bonne qu'éclairée & prudente : aucune ne ſortait qu'avec ſes parens, ou quelqu'un envoyé de leur part, & connu. Qui n'aurait cru la jeune *Lucile* en ſûreté? La *dévotion*, une piété mal entendue la perdit. Un Prêtre fort eſtimé était Directeur de la maiſon. C'était un homme d'environ quarante ans ; d'une figure ouverte & aſſez belle. Sa conduite avait été juſqu'alors irreprochable, ou du moins, aucun de ſes deſordres n'avait éclaté. La jeune Provinciale avait un minois, & ſurtout de ces yeux, dont les hommes qui veulent conſerver leur raiſon, ne doivent jamais affronter les regards. Vingt ans d'expérience ne rendirent pas plus ſage l'indigne Miniſtre des Autels : voir Lucile, la desirer, former le dessein de triompher de son innocence, en prendre les moyens, ce fut l'effet du premier de ces entretiens qu'il eut avec elle, qu'on nomme *confession*. Il abusa donc de la confiance de celle qui lui ouvrait son cœur & de l'estime que toute la maison où elle était avait conçue pour lui. Rien n'était malheureusement plus facile : car s'étant emparé de son esprit (& peut-être de son cœur dans le Tribunal) il demanda qu'on lui permît de l'y venir trouver deux fois la semaine. Comme la maison touchait à l'Eglise, Lucile y alla seule, il eut ensuite l'art de l'engager à venir chez lui recevoir des avis plus étendus. Mais il lui fit entendre qu'il fallait que ces visites fussent secrettes, pour ne la point faire jalouser de ses compagnes. Comblée de la préférence, la jeune personne nageait dans la joie. Elle n'avait que seize ans : plus innocente à cet âge, qu'on ne l'est à douze dans la Capitale, elle fut long-tems la victime de coupables libertés avant d'y rien comprendre. Enfin enhardi par le ſuccès, l'infâme Prêtre la deshonora. *Lucile* ne comprit pas d'abord quelles devaient être les ſuites de l'attentat de ſon abominable ſéducteur. Mais lorſque l'évènement l'en eut inſtruite, quel deſeſpoir! elle voulait ſe donner la mort : elle était la victime, mais non la complice du monſtre; elle découvrit ſans ménagement toute ſa turpitude. Deux amis de ſon père, qui ſe trouvaient à *Paris*, & que Lucile, dans les premiers accès de ſon deſeſpoir, inſtruiſit elle-même, réſolurent de poignarder ce ſcélérat : on pénétra leur deſſein, & on les empêcha de venger un crime abominable par une action injuſte, en tant qu'elle eſt défendue par les Loix. La jeune infortunée, après avoir déploré ſon malheur, de la manière la plus attendriſſante, alla ſe renfermer dans une retraite : ſon père, ce vieillard qui n'eſpérait qu'en elle, à qui l'on cachait le malheur de ſa chère fille, ſurpris du parti qu'elle prenait de renoncer au monde, quitta ſa Province, pour venir la voir, la faire changer de réſolution, & l'emmener avec lui. Il arrive, la demande : Lucile paraît les yeux mouillés de larmes, collés ſur la terre : ſon père l'embraſſe —O ma chère enfant, s'écrie-t-il, tu me vois, & tu pleures—! Lucile avait une Lettre toute prête ; elle la donne à l'auteur de ſes jours : le vieillard lit : on le voit pâlir : ſes genoux ſe dérobent ſous lui ; il tombe.... Il venait de tout apprendre ; ce fut l'arrêt de ſa mort : quelques jours après, on le mit au cercueil. *Lucile*, inſtruite de ce funeſte accident, demande à ſortir : elle veut, dit-elle, embraſſer ſon père encore une fois, même après l'avoir perdu. On accorde cette ſatisfaction à ſes larmes, à ſes cris. Elle arrive ; ſe précipite ſur le cadavre inanimé : — O vous que j'aimai ſi tendrement, & que j'ai poignardé, s'écrie-t-elle, mon père, recevez-moi dans votre ſein.... Soit qu'elle eût pris un dangereux breuvage, ou que sa ſeule douleur fût aſſez forte, elle ſe courbe ſur le corps de ſon père ; elle y demeure : on l'y laiſſe quelque tems. Enfin on veut l'en arracher ; elle ne reſpire plus.... O Loix ! le ſeul coupable eſt encore heureux !

FIN.

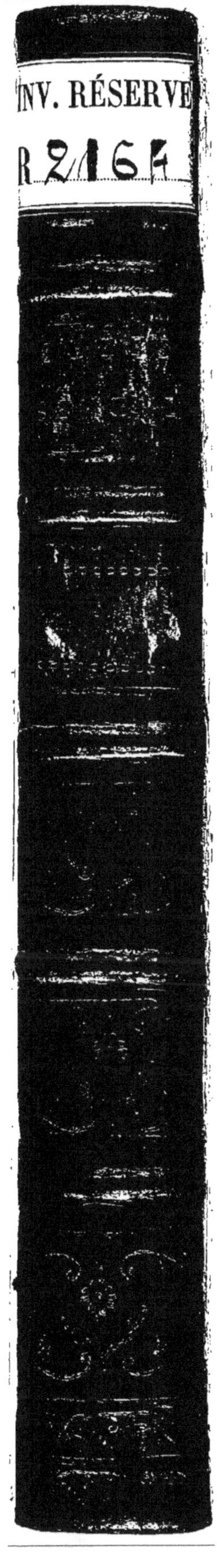
INV. RÉSERVE
R 2164

www.ingramcontent.com/pod-product-compliance
Lightning Source LLC
LaVergne TN
LVHW020607110826
845149LV00002B/397

* 9 7 8 2 0 1 3 7 4 4 4 7 8 *